U0585231

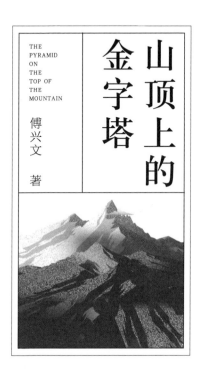

THE
PYRAMID
ON
THE
TOP OF
THE
MOUNTAIN

山顶上的金字塔

傅兴文

著

作家出版社

每个人心中都有一座塔，藏在内心最隐秘的角落。那座塔有时微小如海螺，有时高大如通天塔，有时晦暗如封存千年的古堡，有时澄明如光焰辉煌的宫殿，但无论怎样，别人都无法彻底抵达，无法彻底知晓它的每一处构造，唯有自己才是那座塔唯一的知情者，唯一的看守，唯一的主人与唯一的游客。

——题记

不仅仅是为了爱

——《山顶上的金字塔》序

张抗抗

读完年轻作者傅兴文的长篇小说《山顶上的金字塔》。

金字塔——宏伟、壮观、神秘，巨大的体量存储了多少未知的信息？而眼前"山顶"上的金字塔，尽管小而精巧，但比沙漠、戈壁上的金字塔拥有更为厚重的文学"底座"，塔尖掩映在云雾里，一直通往无尽的高空。

因而，它注定了将被仰视。

阅读过程中，我的眼睛几度湿润，一对纯情少男少女，为了追求真正的爱情，在自垒的心塔里无望地挣扎与抗争。

这是一座以真诚的文字、真实的细节，层层垒砌浇铸的文学之塔，其中供奉着作者大学时代心目中的女神、刻骨铭心的初恋、曾经的青春和爱情。

《山顶上的金字塔》虽是傅兴文的长篇处女作，却是一部历经十几年反复打磨修改的成熟作品。小说通过讲述两位青年男女同学，在大学毕业前后的生活、情感之旅（严格说是男主人公的痴情单恋），描摹出当代年轻人有关生存与理想、精神与物质等充满矛盾纠结的心理状态和当代社会情态。尽管这类小说极易同质化，但由于作者发自肺腑的真诚倾诉，叙事语言具有较强的文学感染力；加之作者对写作有如朝圣膜拜金字塔般的虔诚，敢于对自我进行无情的剖析和心灵的深度探寻，使得这部小说具有别样的品质和独特的魅力。

小说的结构别出心裁，作者对一个常见的题材进行了"陌生化"处理。采用两种时空里的故事来回穿插的叙事手法，在不同的时间、空间以及不同时期的人物心理、情感状态的来回跳跃、碰撞之间，犹如一张张拉开的弓弦，蓄满独特的张力，形成不同时空下的男女主人公之间的交互映照、对比、对话、共振甚至诘问、对抗与最后的和解，大大强化了小说文本中蕴含的能量，增强了情感烈度和思考力度，并使主题得到进一步的突出与升华。心理描写细致入微，情节推进扣人心弦，这种交叉、穿梭的叙事格局，既避免了直线型写法的简单直白，也提供了更多思考的空间，融入作者对爱情、人生、人性、社会等诸多话题的思考。在这里，时间起到了一种让人思考的作用，也变成了思考对象，最终创造出一种韵味悠长、耐人咀嚼的结构审美效果。

我想，青年读者应该会喜欢这部小说。

却不仅仅是因为爱情，而是比爱情更重要的精神内核——关乎生存、成长、尊严、理想与荣誉；关乎因爱失去自我的恐惧或在爱的滋养下自我救赎的可能。

《山顶上的金字塔》中的男主人公文恒一，来自农村，学业优秀，是一个性格温和内向、情感质朴细腻的"理想男"。他爱上了英语系的女生维佳怡，明知彼此家庭背景的差距较大——维佳怡后来还有一个多方面条件都优于他的男友，但他依然怀着近于圣洁的感情在心里默默爱着她，却又由于自卑而迟迟不敢表白；勇敢的表白之后，是漫长等待中一次次更深的伤害。作者将细致的笔触探入了文恒一的内心及情感的褶皱里。犹豫、矛盾，希望和失望，挣扎与无奈……文恒一与维佳怡纯精神的美好交往，进一步退两步的拉锯式的情感折磨，成为这部小说情节演进的主要悬念。

与那些"有情人终成眷属"的爱情美好结局不同的是，《山顶上的金字塔》里的爱情，终究是一场虚空的幻象。文恒一像西西弗斯一般永远到达不了金字塔的顶端。当爱情小说超越了情欲与情爱的基座，从中揭示出男人与女人的本性和弱点，比如自尊、虚荣、卑微、怯懦等，它才有可能升华到精神层面，成为矗立于云端的金字塔。金字塔里珍贵的"藏品"，也就是这部小说的精华，正是在这个时刻才悄然闪烁出幽淡的光芒——

爱情的无法实现，不是因为爱情的有无与多少。除去那些已被反复描述的外在世俗因素（经济与物质）、主人公互相吸引的内在魅力，其实真正的阻力和障碍，来自于我们自身的性格弱点，甚至来自我们的优势。

自尊、自卑？执着、怯懦？

孰是孰非？

《山顶上的金字塔》，实际上是在青春的回望中检省自己的成长之路：探讨恋爱中的男女，有关自尊自爱的问题。我爱了，我要得到我爱的女孩，但我真正要的是彼此相爱，相爱才是有尊严的爱情。尊严和卑怯，往往在残酷的现实中厮杀博弈。在自尊与自卑之间，隐伏着一条不易察觉的分界，过度自尊也许是自卑的表象，过分自负亦可能导致尊严的受损……爱情的获得有时需要舍弃自尊，而顽强的自尊正是爱情的底线，放弃自尊也就失去了爱与被爱的前提。因而，在恋爱中维护个人尊严，成为爱情高昂的代价。

为了爱，可以舍弃自尊吗？为了自尊，可以放弃爱吗？

很多年以后，作者试图梳理当年经历的情感痛苦，苦苦思索并祈求解答青年时代留下的疑问。《山顶上的金字塔》无论在整体构思、故事编排上，还是在人物塑造、细节呈现上，都下了很大功夫。语言文字精美流畅，饱含深情；思绪慎独，句句走心。看得出作者是在用自己的心写作，这部小说几乎是他全部情感的积累、储存、发酵与倾泻，是一部饱含深情、动人感人又不乏思考深度的作品。文恒一与维佳怡在这座文学塔里的"重聚"，对于作者来说相当于"第二次恋爱"。在岁月的无情流逝中，他们渐渐读懂了对方，在人生更高的情感维度上，达成谅解与宽宥。

尽管，金字塔并没有给予作者的爱情以明确的解惑答案，但小说文本触及了爱与自尊这一容易被人忽略的话题，这才是我关注这部作品的原因。给人以爱，即爱自己；爱人爱己，才是有尊严的人生。爱情小说若是拥有扎实的精神底盘，坚固的山体才有力量托举起爱的"金字塔"。

傅兴文是一位认真敬业的文字工作者，读过大量的世界文学经典，具有一定的文学底蕴和写作功底，他写的散文和评论文章颇有见解。这些年来，为多位名作家成功编撰、出版了散文集、小说单行本、选集、文集，是一位值得信任的编辑。却没想到，他在忙碌的出版工作之余，终于为自己设计缝制了别具一格的"嫁衣"，创作出自己的第一部长篇小说。我在惊喜之余，对以十几年心血磨一剑、攀一山、筑一塔的傅兴文表示衷心的祝贺。借此作序之机，我特别郑重地将该书推荐给大家，相信读者们也会像我一样被深深打动。

　　祝愿小傅继续创作出更多更优秀的作品。

2021 年 8 月

　　（张抗抗：著名作家，第七、八、九届中国作家协会副主席，
国务院参事，代表作有长篇小说《赤彤丹朱》《隐形伴侣》等。）

目　录

一、我们将以怎样的方式重逢？ / 001

二、没有真相之谜 / 005

三、毕业后真打算去北京？ / 015

四、夕阳下的金山顶 / 023

五、初相见 / 027

六、一个人的北京城 / 039

七、第一封情书 / 051

八、再相逢 / 065

九、落满鲜花的小径 / 078

十、我的未来不是梦 / 084

十一、到那时候，你就不会这么想了 / 087

十二、你的心思我还不知道吗？ / 098

十三、相信你以后会越来越好 / 101

十四、一种幸福 / 105

十五、一团火 / 108

十六、一无所有 / 112

十七、并不沉默的羔羊 / 114

十八、窗前的长久凝望 / 126

十九、在你面前，我成了婴儿 / 132

二十、我知道你有多失望 / 137

二十一、火焰再度燃起 / 145

二十二、威胁 / 151

二十三、最后的别离 / 163

二十四、虚无之梦 / 180

二十五、纯真与堕落 / 184

二十六、为你建一座文字之塔 / 188

二十七、井底的秘密 / 201

二十八、昨日重现 / 206

后记：从痛苦中寻找幸福 / 223

附录：名家推荐语 / 231

一、我们将以怎样的方式重逢？

　　那是多年前暮春时节的一个下午，我从担任兼职编剧，位于崇文门附近的一家影视公司坐地铁五号线回住处。正值一段低谷时期，几年的自主创业遭遇瓶颈，一直苦苦挣扎，而且跟女友长达四年的情感也陷入危机，尽管我们并非不想珍惜对方，可是因性格严重不合等原因，磨合了几年仍旧不断争吵，那种情形就像两枚无法咬合的齿轮在互相磨损，双方身心都遭到无情的折磨，令我对爱情以及未来的婚姻都产生虚无幻灭之感。我握紧地铁上的拉手，依然打起精神直立着，身体内部却感觉有一种东西在流失，如同即将干涸的河床上仅剩的一汪水在不可遏制地蒸发掉，同时，心底被一种如云似雾的复杂情绪所笼罩，那是一种说不清道不明的絮状混合物，有沮丧，有疲惫，有乏味，有伤感，有迷茫，有厌倦……我似乎看见一只被蜘蛛网粘住的小飞虫，它愈是挣扎，愈是刺激蜘蛛吐出更多的丝线，招来更多的捆绑。看着越来越密实的蛛网、越来越干瘪的小飞虫，我再也没有气力维持那层不无光鲜的外壳，脑袋仿佛过于沉重，已无法由脖颈支撑似的，不由得倚靠在拉着手环的胳膊弯上。

快到亚运村大屯路口东站时，我临时决定下车，打算去奥森公园散散心——那时候，地铁十五号线尚未开通。我本想步行过去，想想太远，便走到附近的公交站台等车。时值下午三四点钟，站台上只有我一人。或许马路两头都是红灯的缘故，路上也是一片空旷，没有一辆车，没有一个人。那团莫名的情绪依然如雾如网般笼罩着我，我不由自主地抬起两只手，交叠在一起，扣在脑后，像一名缴械投降的战士，微微仰着头，茫然地望着对面树梢和楼房之间的灰色天空。正以投降的姿势呆立间，忽见一辆黑色 SUV 以 80 迈左右的速度自左向右驶过眼前，它行驶在快车道，离我有十几米远。那辆汽车副驾驶位置的玻璃窗是摇下去的，一张皎如明月的熟悉的脸庞正面向我，一双熟悉的眼睛紧紧地盯视着我。我来不及有任何反应，只是下意识地屏住呼吸，同样紧紧地望着她。很快，汽车驶过去，她也将头转了过去。我想记下车牌号，可还没来得及看清，汽车已经驶远，只认出是一辆凯迪拉克。

仿佛做梦一般，我竟然以这种方式偶遇已几年未曾谋面的初恋情人，那是我依然时时思念、时常在梦里见到的初恋——

维佳怡。她当年曾对我说："你活得太不现实了。"几年后，我果真以一个失败者的形象如此突兀地出现在她面前。我再也没有心情去公园，继续如木桩一般在原地愣了片刻，然后转身走回地铁站。

那两年，在极限时刻有多次情不自禁地将女友想象成维佳怡，想象我和维佳怡同时抵达了幸福的至高处——我知道那种念头是不道德的，对不起当时的美丽女友，却又控制不住自己的思绪。其实，再往前两年，这类与维佳怡有关的想象对我来说是绝无可能的，我总觉得那是对维佳怡的冒犯和亵渎，哪怕产生一丝非分之想都是可耻的。

从第一眼看见维佳怡并再也无法忘记她算起，迄今已近二十年。那是我们钻石一般的年华，永不再来的时光。那些日子并未随风消逝，它们仍然无比鲜活地盛开在我的回忆里，尽管有的时刻带着欢喜之光，有的时刻带着融入到骨血里的懊悔与伤痛。

每每回想起来，我都觉得不可思议，我是怎样白白浪费掉那些宝贵时光的？那几年，我对维佳怡的那份情感既是无比纯洁无比真诚的，堪比圣母怀中纤尘不染的小天使；然而，我又可悲地将自身陷于堕落的境地，如同小天使掉进了肮脏的污泥潭中。那时，我将纯粹的爱与纯粹的欲望视如水火，不由自主地残酷地将它们撕裂开。在后来的很多年，每当想起那时的种种情形，心头就钻出一根不断生长的荆棘，将心脏团团缠绕。

我不知道自己当年为什么会产生那种集天堂与地狱于一体的爱情行为，难道仅仅是因为彻底的爱与彻底的懦弱吗？我不知道那是不是一种心理疾病。为了像亨·亨伯特（注：《洛丽塔》中的男主人公）那样给世人提供一个真实的心理病例，我将毫无保留地讲述当年的一切，保证没有夸张，没有虚饰，保证那些故事都源于真切的现实生活，绝不像《竹林中》的那几个人只说有利于自己荣誉的话。当然，这需要足够的勇气与真诚，就像《地下室手记》中那个内心挣扎着泅渡苦海的复杂灵魂，就像《情人》中那个不再顾忌世俗道德，满怀深情回忆故人故事的老妇人，就像《北回归线》中那个颓废放荡的青年艺术家……我会像他们那样如实讲述当年的一切。

二、没有真相之谜

读大二时，我产生了毕业后去北京追求文学梦的念头，并且将这一想法告诉了维佳怡。尽管如此，如果不是她比我提前来北京，我真会毅然决然地选择北漂吗？很可能，那份一往无前的决心会打个不小的折扣。

我始终不知道维佳怡当初来北京是不是因为我。我从来没问过她这个问题，就如从来没问过她是否爱过我一样。那是很天真的问题，问了又能怎样呢？既然那时都没有问，过后再追问又有什么意义？你让她怎么回答？

"爱过。"——她会不会为了安慰你才这么说？

"没爱过。"——她会不会为了让你彻底死心而这么说？

对爱情而言，已经时过境迁，追问又能获得多少真相？因此，尽管我一直都渴望知道答案，尽管我对那段感情做了许多傻事，却从未问过这两个问题。

大二那年暑假，正值非典结束不久。我从苏州结束暑期打工回家时，特意绕道青岛去看维佳怡。

那是我第二次到青岛。第一次是前一年暑假，那时我尚未跟维佳怡取得联系，还仅仅是暗恋她，只知道她家在青岛，并不知道具体地址。几个月后跟她谈起这事才得知，当时我打工的那家药店竟然就在她家附近，而且我还去她们小区楼下发过一次宣传单——这个惊人的巧合让我觉得冥冥之中也许真的存在一种天意。大二那年暑假我本打算还去青岛打工，由于她要和家人外出旅游，而我也想去南方看看，于是选择了苏州作为打工地。

她家位于海边。那天，父母和姐姐都去上班了，只有她一人在家。

我刚爬上她家所在的那个楼层，正寻找门牌号时，左边的一扇门打开了。是她的笑容，久违的笑容。她的笑容有一种魔力，温柔，安静，我只要看一眼就会感到无比幸福，就会从内心深处涌出一种无可比拟的欢喜。只那么一眼，两个月没见到她的煎熬，几天来的疲惫，坐了一夜火车的困乏，全都倏然消散。

"又瘦了。"她看了看我，一边关门，一边说道。她之前就说过我太瘦，得多补充营养。我本打算让自己在暑假长胖一点去见她，没想到打工即将结束时开始闹肚子，上吐下泻，整个人虚脱了一般。她身着略显宽松的纯白短袖T恤衫，下穿淡蓝色的棉质百褶长裙，T恤衫扎在裙子里面，清新自然又典雅，宛如希腊女神。头发显然刚刚洗过，湿漉漉的，披散在肩，平添一种别致的妩媚。我之前从未见过她长发披肩的样子，更觉得她浑身上下焕发出一种特殊的美。

"脸上连点血色都没有了。"她把我的背包接过去，用下巴指了指桌子上的果盘，"肚子好些了吧？能吃水果吗？"

又渴又累，我拿起一个桃子慢慢吃着。

她家是两室一厅，洁净，素雅，温馨，客厅里铺着浅咖啡色木地板，电视柜、餐桌、椅子、茶几和长沙发都是木质的，大都是浅咖或淡棕色。她家位于顶楼，客厅的窗户敞开着，垂在两边的白纱帘轻轻拂动，越过一片楼房的顶部，可以望见远处宽阔明亮的海湾。海面没有一丝波澜，仿佛时空停滞了一般。整个海湾如一方巨大的碧玉，散发着温润浑厚的光泽。越往远处，海水的蓝度越纯。水天相接处，大海与天空几乎融为一体，只有一条若隐若现的边界，如同镜子内外原像与镜像衔接的地方。

没想到在她家里能看到如此美丽的海景。

我在靠窗的椅子坐下，从包里一一取出带给她的小礼物。那几件物品都不怎么起眼，她一点儿也不介意，开心地接过去。

她拿着那几件小礼物，起身向一间卧室走去，指着另一间说那是父母的卧室，这一间是她的，小时候和姐姐一起住，现在姐姐住单位，偶尔也回来睡一两晚。

我跟着走进她的卧室，一张双人床，一个书橱，两把靠背椅，墙上和写字台上有一些照片，大都是一对双胞胎女孩的合影。

"能认出哪个是我吗？"

我对着一张合影端详了片刻，指向笑容更加温柔的那个。

"眼力还不错。很多人都猜不对。"

"你们简直是一个人，"一个比喻闪进脑海，"就跟两朵玫瑰花那样相像。"

"不愧是诗人啊。"她笑道，也许是给她写过几首诗的缘故，她和大学室友平时都叫我"诗人"，"其实很好区分的，我觉得我和姐姐明显不一样，差别太大了。"

"你要是连自己都认不出来，那不坏了？"

我们都笑了。

"小时候长得才像呢，大了之后就慢慢有了区别。"她蹲下身从书橱下方的一个抽屉里取出几本厚厚的相册，"这是我们小时候的照片。"

我们拿着相册回到客厅。我慢慢翻看着。

"我们现在和小时候差别很大吧？猜猜这个。"

照片上的两个小姑娘大约四五岁，又漂亮又可爱，从容貌上来说几无二致。从神情上看，一个常常微微低着头，一副害羞的样子，另一个则比较活泼，表情丰富。

"不好猜吧？要不我告诉你？"

"别别！"

她是她们班的团支书，还是外语学院的电影文学社负责人之一，时常主持一些活动，不过直觉告诉我那个有点害羞的是她。我故意指着另外那个小姑娘，拖长声调说道："这——个——"

"错……"

"这个是你姐姐！"我迅速抢断了她的话。

她笑了。

"故意的。我就猜着有点害羞的这个更像你。"

"有这么厉害？"

"一般一般。"

维佳怡说她小时候偏内向，喜欢安静，不爱说话，长大后性格才慢慢变得外向一些。我知道她一向言行举止端庄大方，具有一种沉静内敛的本质。内向与大方，这两种似乎矛盾的性格，在她身上并不冲突。

"我小时候也很内向，不过看跟谁，如果跟关系特别好的小朋友在一起，就特别野。如果跟大人或女同学在一起，就变得很安静。我上高中的时候还是一跟女同学说话就脸红。"我说道。

"现在好像还是容易脸红吧？"

我点点头："自从上大学，尤其是认识你之后已经好很多了。"我性格方面的这种转变确实源于维佳怡，正是因为对她的追求，才激起了我的勇气；正是因为她没有将我拒之千里，接纳我成为朋友，才提升了我的自信。

"还好多了呢，李静她们说你有时候见了我们就有点儿紧张，放不开。"

"是吧？有时候紧张，有时候不紧张。不过比以前强多了。"

"其实没必要紧张嘛，大家都是一样的人。"

她聊起小时候的趣事。由于两人长得太像，连姥姥都经常认错她们。有一次，姥姥给她们洗澡，本来已经为姐姐洗过并擦干了身体，不久又把姐姐当作妹妹抱进了澡盆，姐姐不想再次被弄得水淋淋的，急得又哭又闹。她说现在姥姥年龄大了，又不经常见到她们，还是常把她俩认错。

快到中午时，她要去做饭。我跟她走进厨房，想给她打下手，她让我什么都不用管，只管看相册或看电视，困的话就在沙发上睡一会儿。

相册看到一半时，困意渐渐袭来，于是将身体在沙发上放平，双脚耷拉在地上。厨房陆续传来洗菜、切菜的声音。这是她的家，处处都是她用过的东西，处处都有她的气息。我心里充溢着一股踏实、幸福的感觉，不知不觉就睡着了。

我醒来时，发现她正坐在临窗的桌子前看书。她右肘支在桌子上，手掌托腮，一脸专注。沉静，美丽。海风从窗户吹进来，雪白的薄纱帘如波纹般轻轻荡漾着，她额前的刘海和肩部的发梢也微微飘动。窗外，天空蓝得让人吃惊，纯净剔透得有如刚刚被雨水清洗过。一团棉絮般的白云静静地悬在空中，不细看都感觉不到它在缓缓移动。立体感极强，如同从飞机上看到的那样。几只灰色大鸟扑棱棱掠过窗前。海面上传来隐隐的汽笛声，遥远而悠长，仿佛来自另一个世界。我躺在沙发上安静地望着她，如同在梦中望着一位希腊女神，我一动也不敢动，生怕一有什么动静就会惊扰到她，惊扰到那个美丽的梦。后来，我无数次想起那个静谧的夏日午后，想起那个美丽沉静的剪影。那是那些永不再来的不朽时光中的永恒一羽。

那团白云缓缓飘过窗户，消失在纱帘后面。

她侧过脸发现我正在看她，笑道："醒了？"

我"嗯"了一声，坐起来，这才发觉身上盖了一层薄毛毯。

"你睡得挺沉的，看来昨晚在火车上确实太累了。"

"是啊，火车叽里咣当的，人多拥挤，又闷又热，想趴在桌子上睡一会儿很快又热醒了。不过刚才睡得真香，好像很久没睡过这么舒服的觉了。"

"要不再睡会儿？"

我看了看墙上的挂钟，没想到快两点了："不会吧？睡了两个多小时？"

"你以为呢？"她笑道。

"也没叫我一声，叫你等了这么久。"

"看你睡得那么香，不忍心叫你啊。好了，吃饭吧。"

她把书放在窗台上，向厨房走去。我看了一眼书名，《红字》。我几个月前曾向她推荐过霍桑的这部小说。

我从洗手间洗完脸出来后，桌上已经摆好了饭菜，一盘葱爆羊肉，一盘炒扇贝，一份紫菜蛋花汤。记忆中，我好像是第一次吃到如此美味的饭菜。

吃饭时，电视里正在播映电影《无间道》，我装作无意地问道："对了，听说很多美女都喜欢古惑仔那种类型的？"当时，她们系有个叫贾作甄的邻班同学也在追求她，据说贾作甄跟一帮人带有小团伙的性质，我倒没亲眼见过他打架，只是有两次看见他和几个看上去不是善茬的人聚在校园里一起商量着什么。放暑假前一个多月，贾作甄也像我一样经常去自习室找维佳怡，而且他偶尔会跟她共用一张课桌，不过维佳怡几次都说只是将他视为普通同学。

维佳怡明白我说的"古惑仔"是谁："也不是。其实那种人挺让人担心的，没有安全感，说不定哪天就怎么着了。"

"挺让人担心的"——这句话让人心里酸酸的。"你怎么跟贾作甄交往呢？"我无意贬损贾作甄，知道不该以貌取人，可实事求是地说，他的眼神总给人一种阴沉沉的感觉，宛如黑洞洞的深井，好像埋着什么秘密似的。

"其实他不像人们想象的那样，可能一开始看上去让人觉得不大舒服吧，其实，接触久了就知道他人并不坏。"维佳怡说由于她和贾作甄所在的两个班时常在同一间公共教室上课，经常见面，放假前他也开始频繁去自习室找她，一开始，他通常坐在跟她隔着一条过道的邻座上，后来时不时跟她的同桌好友杨露露调换位置跟她聊会儿天，毕竟是同学，她也不好意思严词拒绝。"我觉得这也没什么吧，只是同桌而已。"她最后说道。

"怎么会没什么呢？老是这样下去，没感情也生出感情来了。"

她笑了："我有分寸的。"

"对了，你喜欢什么类型的？"我问道。

"什么类型的？"她想了想，用下巴努向电视，"梁朝伟和刘德华年轻时那样的吧，带点儿奶油小生的样子。"

我不知道自己属于什么类型，虽然自觉长得比较白净，可我并不认为也不希望自己是奶油小生。我犹豫地看着她，不知该说什么。

维佳怡意识到了什么："你不要为了别人而改变自己，做自己才是最重要的。"

我点点头："我知道。"其实，那是我第一次从别人口中听说"做自己"这样的人生箴言。虽然自以为此前以及此后一直都在努力"做自己"，坚持该坚持的，放弃该放弃的，不随波逐流，明白自己想要什么，不想要什么。可是，多年以后仔细回想，我真的明白自己想要什么，不想要什么吗？真的做到了坚持该坚持的，放弃该放弃的吗？有多少人，多少事，我不该放弃却轻易放弃了，不该坚持却几番坚持。

我和维佳怡都喜欢安静，不善言辞，不过跟她在一起时，我的话还是不由得多起来。大部分时间都是我在说，她安静地倾听，有时双肘支在桌子上双手托着脸颊，有时单手托腮，时而看看我。一般来说，我们交谈的时间并不比沉默更多，不过我丝毫不感到尴尬，也没有扭捏局促之感。她的神情也很轻松。后来几年的情形也是如此。显然，我们都觉得在一起即使不说话也很自然，仿佛沉默也是我们的一种交流方式，而且效果并不亚于话语交流。时间如流水一般在身边悄无声息地滑过，当我们觉察时，大半天已经过去。

天气凉爽一些的时候，我们决定去海边走走。就是那次海边漫步，我和维佳怡第一次谈及毕业后的打算。

三、毕业后真打算去北京？

进入中年后，我开始对年轻时的自己产生佩服之情：虽然一无所有，却敢于去追求心目中最美的女孩。胡安·鲁尔福在《佩德罗·巴拉莫》里写过这样一句话："那时我们虽然很穷，但我们有希望。"正是那份微薄的希望给了我力量，而那希望有一部分是维佳怡给我的。

那天，我和维佳怡从太平角公园附近出发，沿着海边往栈桥方向走去。

正值涨潮时，白色浪头打在铁灰色的岩石上，碎成千万朵白花，如樱花纷落，又如雪堆崩飞。

极目望去，遥远的海面上隐约可见几只轮船的灰色影子，似乎静止不动。

我们走下岸，来到一片铁灰色的礁石区。

海浪将礁石冲刷得干干净净，礁石间的蛛网状海草随着海水上下起伏。

我们在礁石上跳来跳去，不断上涌的波浪很快就把鞋打湿了。

穿过礁石区和碎石区，是一片金色沙滩。我像她一样脱下鞋，赤脚感受着细腻沙子的摩挲。

维佳怡停住脚步，指着脚下湿润的沙滩，问我有什么特别的发现没有。

我这才注意到沙滩上散布着无数个小洞口，大的如花生米，小的如绿豆，大多数如黄豆般大小，每个洞口旁边都有一座小小的沙堆。

她说这是小螃蟹的洞穴，问我是否知道小螃蟹进洞时是什么样子，让我别动，仔细观察。

我们静止在那里，不久，几个洞口分别探出一个灰色的小东西来，它侦察了一番四周的动静，见没什么危险，便横着爬了出来。

"注意看它们在干什么。"维佳怡小声说道。

小螃蟹爬出洞口两三厘米后，两只钳子般的前爪互相搓了几下，居然滚出一个小沙球。

"哈，没想到它们是这样把沙子运出来的。"

"它们要下去了，仔细看啊。"

小螃蟹横着爬回洞口，将所有的爪子一收，全身缩成一个小球，往洞里一滚便倏然消失了。如变形金刚和一流跳水运动员般，动作干净利落，丝毫不拖泥带水。

"哈哈，太有意思了，直接跳进洞里，我还以为它们是用几只爪子慢慢爬下去的呢！"

也许是被我们的声音吓了一跳，所有的小螃蟹仿佛突然接到命令似的迅速变身，眨眼间全都跳进了洞里。

这么多年过去了，我之所以不厌其烦地讲述当时的琐屑细节，只是为了说明那些平淡无奇的时光因为跟维佳怡在一起而变得多么珍贵：它们是时间长河里的珍珠。另一个原因是，后来回想往事，我发现自己每遇关键时刻，就变成了异常胆怯的小螃蟹，甚至连它们都不如，至少它们还敢爬出自己的黑暗洞穴，而我一直怯懦地缩在里面。

我们踏着潮水而行，身后沙滩上留下的脚印很快便被海水冲刷掉了。

无涯无际的大海拥着一排排雪浪不知疲倦地从天际向岸边涌来，仿佛陆地是他的恋人，一刻也不愿远离她。

"对了，你毕业后打算去哪？"

"去北京吧，"我几乎没有犹豫，这个问题我已想过多次，"毕竟是文化中心，可以多学一些东西。"

她点点头。她看过我的几篇小说习作，知道我怀揣文学梦，不过可能并不清楚我在文学方面的野心。也许，每个不甘平庸的人在青春时都有个狂妄的梦想——如果连梦想都不敢有，青春的真正价值又在哪里呢？——只不过大多数人一遇到困难就选择了放弃，把它当作不切实际的笑话，只有极少数人始终朝着最初的方向奋力跋涉。

初出茅庐的我们一方面狂妄，一方面可能并不自信。我那时对未来的期许并不明朗，甚至不敢想象毕业后能很快在北京找到一份如意的工作，觉得刚到北京时能养活自己就知足了。年少时，我们总以为余生很长，有足够的时间供自己去闯荡。

"你呢？毕业后去哪？"

"回来，回青岛。我早就这么打算的，从小在这里长大，什么都熟悉，什么都方便，爸妈带我去过一些城市，但我还是最喜欢青岛，我喜欢这片海。看！多美啊！"她指着霞光万丈的金色天际。

夕阳即将沉没，刚才还是令人无法直视的白色炽光球，此时变成了一枚融化状态的金球，在海天相接处摇摇欲坠，仿佛稍一碰触，就会有金色的液体流泻到海里。在它下方，一长条金灿灿的海水震荡起伏，似有千万条龙鱼在水面欢聚跃动。大半个天空铺展着万丈云霞，宛如迎风飞扬的裙纱，被橙色、玫瑰色、金黄、血红、淡紫和深蓝浸染得斑斓通透，绚烂之极。将天空裁切一片镶进画框，就可以当作凡·高用浓墨重彩涂抹出的油画。

海浪次第席卷过来，拍打着我们的脚踝。

"太美了！"我由衷地赞叹道，"青岛真是个好地方啊！"

"我爸妈也希望我毕业后回来工作，毕竟他们只有我们两个女儿，我也想待在爸妈身边，不想离他们太远，免得他们老了想见我们也不容易。"

我为她的孝心感到高兴："留在父母身边挺好的，互相有个照应。"

"你去北京后有什么打算呢？"

我想了想，说道："先在北大清华附近随便找个工作吧，能养活自己就行，在那附近租个房子，每天下班后就去北大清华听讲座。"自从看过沈从文刚到北平时在北大听讲座的故事，我也对这种求知方式产生了浓厚兴趣，以为北大清华每天都有文学讲座等着我自由进入去旁听。

"北京是个卧虎藏龙的地方，有梦想的都想去，不过竞争肯定也是最激烈的。北京是文化中心，应该比较适合你，你文笔那么好，以后可以找个编辑工作。"

"编辑？"我眼前仿佛打开了一扇窗户，一缕光线照进尚属迷茫的未来。那时虽然喜欢看书写东西，却没敢设想过编辑工作，在我心目中，编辑是个闪闪发光的字眼，我所向往的那些杂志社报社出版社不都是由编辑们把关打造的吗？像我这种非中文系毕业、学历又不高的理科生恐怕是可望而不可即的。她这个建议也许只是随口一说，却让我一下子有了信心和方向，"是啊，编辑工作很好，可以试试。不过，我倒是更希望不用上班，平时靠写东西为生，当个作家。"

"自由作家？那更好啊。自由自在的，每天只是读书写作，只做自己想做的事，一切都是自己说了算，不用受别人的约束，多好！"

维佳怡这句话再次为我注入了强心剂，仿佛自己真成了自由作家。我们那时那么年轻，那么天真，以为远方一片坦途，即使有困难，也会很快一一克服，最终让梦想照进现实。

"自由作家也没那么好当吧，写作水平非常高才行，我还差得远，还得多加努力。"虽然心里已把自己当成了自由作家，不过还是要低调一点儿。

"有志者事竟成嘛，只要好好努力，总会有收获的，梦想成真也不是不可能的。我和李静她们都很看好你哦。"

她这话简直是一道神谕，我兴奋得直点头。

不知已经沿着海边走了多远，脚板有些僵硬。当我们陆续穿过八大关、第一海滨浴场、鲁迅公园、小青岛等景点到达栈桥时，天色已经暗淡。

栈桥直直地探向海湾，犹如一只钢铁巨臂。桥的尽头是一座阁楼，宛似握紧的铁拳。暮色渐浓，原本碧蓝的大海变成了墨绿色。风越来越大，吹得衣衫呼啦作响。浪头也愈加猛烈，不时飞卷到桥上，打在游客身上，仿佛有海兽用巨大的舌头向人们发起攻击。在栏杆边摆着各种姿势照相的游客们兴奋地尖叫着，躲闪着。

我们一路躲闪着飞溅上来的浪花，穿过长长的石板桥，来到尽头的回澜阁，并肩而立。前赴后继的海浪在脚下汹涌着，发出雷霆般的嘶吼，似乎想把这座小小的亭台击垮，卷走，令人产生置身于斗兽场之感。也许维佳怡对这种情景已司空见惯，她未现出丝毫忧惧之色，反而很享受地欣赏着这一切。目力所及处，苍茫起伏的大海上闪烁着星星点点的豆粒大小的光亮。两侧蜿蜒的海岸线上，灯火繁密，映照出一座座海滨大厦的剪影，或如高塔，或如巨蚌。

维佳怡的头发和衣裙被海风吹得直往后飞。她眯起眼睛望着远方，脸上带着微微笑意，不知在想些什么。

她转过头来对我说了句什么，可声音被海风和海浪吞没了，我大声问道："你说的什么？我没听清。"

"毕业后真打算去北京？"她提高了声音。

我点点头："没特殊情况的话就去。"

她看看我，然后又望向远方，没再说什么。

我也没再说话，默默地站在她身边，默默地望着已经融入深沉夜色中的墨一般的神秘大海。

海风越来越凶猛，浪头越来越高，气温也越来越低，维佳怡打了一个激灵，抱着双臂说有点冷，于是我们转身折返回岸。她把我送到附近的青岛火车站，目送我进站才离开。

开学后，我又几次跟维佳怡谈起毕业后去北京的打算，只是涉及这个话题时顺口提一下，记得她一直都说要回青岛。其实，我当时去北京的念头并非那么强烈，只能说是一个愿望。更为强烈的念头是，她去哪个城市我就去哪个城市，如果她回青岛，我也去青岛，争取在青岛立足，争取一辈子和她在一起——不过，这话我始终没告诉过她。

没想到，半年后的元旦招聘会上，她应聘了北京的一家公司，并且让我帮忙用 Photoshop 做了一个动态简历。

她来北京后，我没有马上跟着来，而是在学校准备一场纯粹为了证明自己而毫无其他价值的考试。第二年四月底，考试一结束，第二天我就踏上了开往北京的火车。

维佳怡究竟是不是因为我才来北京的？是不是那次海边漫谈让她萌生了毕业后也去北京的念头？如果说没有一点关联，恐怕也不是事实，可后来的情形又让我疑惑不已。我知道如今再纠结于这些细节已没有多少意义，对于她为何选择来北京的猜测也并非因为没有释怀，之所以这么问，主要是想解开蒙在那段情感和心底的一些谜团，以免自己的人生继续在浓雾中迷航。

四、夕阳下的金山顶

从我们学校往东北方向六七公里是一座举世闻名的高山，巍峨雄伟地屹立在天地之间。大概是角度和距离的缘故，从五楼宿舍窗口望去，最为夺目的不是更远处的主峰，而是一座看似与主峰等高，实际上只有主峰一半高度的次峰。这座次峰有个独特之处，整座山都被四季常青的松柏覆盖，唯独峰顶是一截刀劈斧削般高耸陡峻、光滑洁净的赤铜色绝壁，高约二三十米，呈锐三角锥状，犹如锋利的剑尖，直直地刺向天穹，又如一座耸立于巅峰之上的金字塔。据说，约五百年前，一个名叫吴承恩的书生进京赶考时路过此峰，受到启发，后来把这座山峰写进了一部名为《西游记》的神幻小说，将其作为傲来国原址，并把此峰附近一座扇子形状的崖壁设想成铁扇公主那柄威力无边的扇子。

晴朗白日时，远山的景色并无太大变化，只是主色调随着季节更替而有所不同。

我喜欢在黄昏时分眺望那座远山。连绵的群山呈绿色或黛色，唯有峰顶那光滑陡峭的绝壁被夕照镀上了一层耀眼夺目的赤金色，成了名副其实的金字塔，又如神话中的圣殿，好似在燃烧着熊熊火焰，辉煌壮美，摄人心魄。夕阳渐渐下沉，薄薄的暝色渐渐上升，那燃烧着的金字塔的下沿也在逐渐上移，就仿佛薄暮是海水，一寸寸地抬高水面，一寸寸地浇熄火焰，一寸寸地漫过金字塔，直至整个峰顶被苍茫的暮色吞没，变成铁灰色，只剩天空和云朵还泛着亮光。最后，夜的帷幔全部合拢，将天地围裹。山脚下的路灯、汽车陆续亮起灯光，正式宣告又一个白天的消逝，又一个夜晚的降临。

上学那几年，每每凝望那座金碧辉煌的峰顶时，整个身心都被一股宁静、平和的氛围所浸润。有时，我会想象自己遥远如迷雾般的未来，想象自己将来会在哪个城市定居，生活得怎么样？梦想实现了吗？是不是跟维佳怡在一起？

多年后的一个暑假，同班同学重返校园纪念毕业十五周年时，我重新站在那个窗前遥望那座山峰。十几年过去了，山脚下的那片土地，当年曾是空旷的田野、低矮的村落、纵横的马路、长长的铁道以及公园、游乐园和厂房，如今已布满了一丛丛的高楼。当然，无论那些楼房多高，在那座山前都是大树底下的蘑菇丛。望着那陡峻如初的绝壁，我不禁暗自感慨：这么多年转瞬即逝，我这个当年满怀雄心的小伙子，如今已是内心布满伤疤的中年人。一切都在变，唯独你没有变，依然如此倔强，锋利，无畏，依然如一把尖刀直直地刺向苍穹。

离开宿舍后，我来到走廊尽头，透过玻璃窗注视着不远处的女生宿舍楼。我知道五楼的某个房间就是维佳怡当年住过的那间。一时间有些难以置信，仿佛自己只是睡了一觉，而她已离开十几年。不知那间宿舍已经更换过多少茬女学生，也不知如今住在里面的又是哪些人，可望着那座依然保持着老样子、只是更显陈旧的楼房，望着那处空荡荡的阳台，我恍惚间觉得自己仍是当年那个外表瘦弱、内心生猛的初生牛犊，维佳怡依然住在那里，只要我大喊一声，她就会从屋子里走到阳台上来，微笑着冲我招手。

是啊，与维佳怡相识已是十几年前的事。年少时感觉异常遥远的时间跨度，如今已如云烟般消逝。当初你刚跨进那条河时，总嫌水速太慢，希望快一些，再快一些，好让你那晃晃悠悠的小船飞起来。忽然有一天，你发觉自己乘着那叶孤舟已经漂泊很多年，身处之地不再是那条窄窄的河床，而是大海，无涯无际的大海，时而平静无纹时而怒浪滔天的大海。面对这片海，你有一种隔世感，你不知道自己究竟要去哪里，究竟要去寻找什么，即使明白去往何方，可这浩渺的大海让你心慌，让你茫然，你发觉自己苦苦寻觅的东西，不完全在未知的远方，而有相当一部分在你的身后，在你的回忆里。

没错，在你的回忆里。她安静地站在岸边，犹如一株绽放着白云的玉兰树，蜂蜜色的晨曦给她周身镶上了一圈光晕。你呆坐在那叶同你连为一体的小船里，看着她渐渐离你远去，不可挽回地远去。你想把船划回去，不可能，水势凶猛，再怎么拼命划桨也无法返回；你想上岸回到她身边，不可能，那片水已无岸可达。就这样，你眼睁睁地望着她越来越远，越来越遥不可及。如今，你身在大海漂流，心，却在那片回忆之水里沉潜。

那天，我望着维佳怡曾经住过的宿舍，心底如开水般翻滚。最后，梦呓一般追问自己：这么多年过去了，你用这短暂而宝贵的时间换来了什么？站在时间的这一端回望那一端，你丢失了什么，又得到了什么？当初的梦想在哪里？当初的心上人又在哪里？

五、初相见

　　客观而言，时间是一条匀速前进、均匀等质的直线，每一分每一秒都没有本质区别，不过在一个人的记忆中，它会逐渐变异，每一截原本相同的时间拥有了不同的体积、容量和质量。有时候，十年二十年只不过是一瞬，是风中的一片羽毛，比空气还轻；有时候，一瞬抵得上半生，是闪着永恒光芒的山峰，永远屹立于你的视野中。跟维佳怡有关的无数时刻即是如此。在那样的不朽时刻，那些记忆深处的故人与故事，仿佛就活在前一秒，带着清晰的影像、色彩、声音、温度和气味在你身边萦绕不息。

　　第一次见到维佳怡，是在大一新生队列体操比赛的开幕式上。每个系都选拔出几十个新生组成方队参加比赛。由于个子比较高，我站在我们系方队的最后一排。

学校位于山区，操场是一块高地，高出周围六七米。在长长的台阶上排队等候进场时，等了十几分钟还没动静，大家感到有些无聊，开始轻声说笑，或四处张望。我发现身边的几个男同学纷纷转身向后看，并小声赞叹着。

我也回头望去，下方五米开外的小块平台上站着一个女孩，她双手拿着一块大大的白色木牌，也许是时间太久胳膊累了，木牌只举到胸部，上写"英语系"几个字，她身后是一个方队，前面两排无疑都是长相姣好的女生，那些女生也显出不耐烦的样子，在窃窃私语。

那个女孩跟我们一样穿着蓝白相间的普通校服，与周围的喧嚣截然不同的是，她安静地站在那里，端庄，安详，既不东张西望，又没有百无聊赖之感，身上流露着一股典雅的沉静之美，宛如一株初春时节挺拔的玉兰树，枝头绽满了乳白色的花朵。

等看清她的容貌时，我心头凛然一震，只觉得整个世界瞬间集中到了她一人身上，周围的人群、建筑和风景全都消隐成了无足轻重的背景，唯独她犹如一位刚刚降临人世的仙子，散发着柔和明亮的光芒。我则像一个在黑夜的荒野上艰难跋涉的迷途者，忽然看见一轮明月穿透重重迷雾照耀半个天空，难以抑制住内心的激动和惊喜，甚至有一种眩晕感。

我着魔一般目不转睛地注视着这位飞入人间的仙女：肤色

洁白如瓷，面容皎洁如月，椭圆形的脸庞上几乎没有任何瑕疵。她的眼睛不是很大，仿佛两枚下弦月，却让人感到无比温柔。

那个时刻，我深深地体会到，有一种美是能够震撼人心的。

我频频向后张望，不住地凝视她。我以前从未像这样敢在众目睽睽之下，如此大胆地盯视一个女孩。我从小到大还没交过一个女性朋友，平时见了女同学就紧张，一跟女同学说话就脸红。可从看到这个女孩的第一眼起，我就忘记了害羞和胆怯。原来，无与伦比的美也能让人忘记他骨子里的东西。

起初，我心里充溢着惊喜、兴奋甚至幸福之情，可不久，这些情愫就被另一种念头强行驱散了。我知道自己很难跟她有太深的缘分，我告诉自己不要做白日梦，不要漫无边际地痴心妄想。有两个理由：一是自己的家境不允许，看得出她出身富裕，很可能家在某个大城市，自己与她相差太悬殊；二是自己的性格太内向，连普通女同学都怯于交谈，又怎么敢去追求如此美丽如此优秀的女孩呢？况且，我跟她不在同一个院系，几乎没什么接触的机会，而她一定会有众多追求者。

没过几天，我就强迫自己成为一个健忘者。我把这次邂逅当作陌路人之间的一次萍水相逢，就像人生中必然会出现的无数陌生过客一样。

可是后来，我又无数次在学校与她偶遇，有时在上课途中，有时在下课回宿舍的路上，有几次在8号教学楼附近，还有一次是在我们宿舍楼下，看见她和几个女生提着暖瓶从开水房走向5号女生宿舍楼——我们的宿舍楼相距不到三十米。

跟世上所有的纯真初恋一样，每次遇见她时，内心都难以抑制地涌出泉水般的欢喜与幸福。我是那么渴望了解她、接近她，哪怕仅仅是与她结识，对她说一句"你好"也好啊。无论白天，还是黑夜，她的笑容顽固地一次次浮现在我眼前……尽管如此，我从未让情感战胜理智，从未让幻想战胜清醒，而是任凭一股风暴一次次摧毁那棵嫩芽。嫩芽刚萌发就遭摧毁，可不久又破土而出，如此反复不止。

进入大学不久，我就申请了勤工俭学，负责5号女生宿舍楼后面花园的卫生工作，每月报酬30元。巧的是，维佳怡就住在那座楼上。一个穷学生有资格在读书期间去追求家境富裕的美丽女孩吗？"绽放在梦里的花，就让她在梦里消亡吧。"带着难以言说的惆怅、无奈和酸楚，我在日记里写下了这样的句子，"如此美好的东西，对我来说也许注定是一场梦。"

与维佳怡偶遇最多的地方，是校园里那条一千多米长、植有法国梧桐的主干道。暗蓝色的柏油马路依地势起伏，犹如涨潮时的海面。有三分之二的路段只是略起波澜，另外三分之一则顺着坡势逐渐下降，马路尽头要比最高点低近两米。路两旁满是直径达三四十厘米的法国梧桐，每棵树都如一项巨伞，阔大的树叶和浅棕色的枝干纵横交错。主路两边是暗红色地砖铺就的宽阔的人行道，再往边上是常年青绿色的两三米高的针叶树。一年四季，除了冬天，那条主干道永远是遮天蔽日。初春，鹅黄的芽儿绽满枝头，渐渐嫩绿，再渐渐青绿，一寸一寸地将天空缝合起来。夏天，那是一条绝佳的避暑长廊，灼辣刺眼的阳光被层层叠叠的绿叶屏障挡在空中，只有稀疏的光斑如漏网之鱼在树叶间和地面上摇曳忽闪。深秋时节，树叶逐渐金黄，深绿色的球形果也变成了淡金色，悬挂在枝叶间，好似一只只毛茸茸的小铃铛，整条路变成了一条神秘的黄金通道，宛如童话世界里的天堂之路，令人流连徜徉，沉醉忘返。秋风扫过，阔大的掌形树叶纷纷飘落，铺满整个路面，走上去仿佛行于金色波浪间，脚下发出清脆悦耳的咔嚓咔嚓声。冬天，光秃虬曲的灰白色枝干在或湛蓝或灰色的天空下静静地交织着，大雪纷飞时又成了另一种仙境。

在那条美丽的天然长廊里，我无数次见到更美的你，维佳怡。

那年秋天，你多次在满目金黄、金光闪闪的波浪中迎面而来，有时我正走在道路的低凹处，一抬眼恰好看到你如仙女般忽然现身于高处，你背后是一片金色织锦。先是惊喜地看见你的脸庞，然后你的肩膀、胸脯、腰肢、双腿以至全身渐渐从马路后面升上来。有时，我们正好在高处相遇，我大胆地凝视着你，慢慢与你擦肩而过，然后屡屡回头，望着你的身影渐渐隐没于马路后面。绝大多数情形，你都是目不斜视，有时旁若无人，有时则带着一丝若有若无的微笑。

冬天，多次见你穿着红色或咖啡色的毛呢大衣款款而行。第二年春天、夏天，我又一次次在那条长长的法国梧桐主干道上，在那条短短的两旁种着玉兰树的小路上，在那个小公园里，在图书馆旁，在几栋教学楼下，在食堂附近，在宿舍楼附近，在大门口，在校园的无数个地方，一次又一次地偶遇你，维佳怡。

就这样，整整一年过去了，我从未跟你打过一声招呼，从未跟你说过一句话。虽然，每次遇见你，我都不由自主地凝视你，整个身心沐浴在清澈纯粹的喜悦和幸福之中，极其渴望与你相识，可我始终没能战胜心中那股风暴——它将我贬为尘埃，将你升为天仙。

第二年秋天，也就是大二开学后，一个偶然的机会让我在一间自习室恰好坐在了你后面，从此，我陷入了因疯狂渴望接近你而采取的秘密行动中。

其实，在此前的那个暑假，我应该有多次机会见到维佳怡，只是当时并不知道离她那么近。

那年暑假，我和室友穆云飞一起去青岛打工。由于我们都是初次走上社会，没有什么经验，只是以最笨的办法，在大街上漫无目的地查看哪家店铺的门窗上张贴着招工广告。最终，我们在一家药店前停下来，成了那里的广告推销员，每天去周边的小区散发促销宣传单。之所以选择那家药店，主要是因为那里离海边只有不到一千米，我们可以随时去看海。

一天，我们走进一个叫"听澜"的滨海小区。刚进去发了几张广告单，就被一个中年人拦住并赶了出来："我们这里不准发广告。"我们不想争执，知趣地离开了，再也没去过那个小区。半年后查阅维佳怡的家庭住址时才发现她家竟然就在那个小区。

暑假结束，大二开学后的一天，天气闷热，我不想走远路去自己系所在的教学楼自习，于是走进一座新落成的教学楼，随便选了右侧的一间教室。里面空无一人，只有七八张课桌上散落着用来占座的书本，前两排已有几个座位被占，见第三排都是空位，我便走过去，在靠近过道的位置坐下来，然后打开书本学习。

不久，两个女孩走进教室在我前面的座位上坐下来，我抬头瞥了一眼她们的背影，都是马尾辫，一个穿着咖啡色短袖，一个穿着淡蓝色T恤衫，我低下头继续看书，随即又猛地抬起头来，心怦怦直跳，侧前方那个身穿咖啡色短袖的女孩太像维佳怡了，我忙向旁边微微倾斜身子，仔细端详她的侧脸，竟然真的是她！可想而知，剩下来的时间我再也无法安心学习，内心被一种难以名状的惊喜甚至幸福所充盈。

经过一两周的"明察暗访"，我发现维佳怡几乎每天都在这座8号教学楼自习。从此，我把自习地点转移到了这里。

每次到8号楼选自习室时，我都要像侦察兵一样先挨个教室"打探"一遍，维佳怡在哪儿，我就去哪儿。如果转了一圈，所有的教室都不见她，我就先随意选一间，半小时后再去寻找一遍，一发现她在哪个教室，就马上转移过去。

维佳怡一般都坐在教室前几排。我也想如此，却发现这对自己不利：因为每隔不久，我就想抬头看看她，就像每时每刻都必须呼吸一样，否则无法安心看书。如果坐在前排的话，别人势必很容易发现我在频繁关注她，而这正是我所担心的，我不想，确切地说是不敢让别人知道自己喜欢维佳怡。

因此，我总是坐在教室最后几排。这样可以取得一举三得的效果：既可以随时看到维佳怡——只需装作思考或无意的样子，抬头瞥一眼就行；又不易被别人发现自己的秘密——谁知道我在看一个人？即使有人知道，我和维佳怡之间隔着那么多人，谁又能发现我看的是她？此外，还能激励我更加聚精会神地学习，这似乎有点儿矛盾，可事实的确如此。就像电影里吸收能量的外星人一样，我的能量源泉就是维佳怡，只要看她一眼，就能汲取无数力量和信心，不仅不会分心，反能更加专注。我知道只有努力学习才有可能跨越自己跟维佳怡之间的那条沟壑。

我得意于自己的做法。不过，并非每次都只选择远离维佳怡的座位，当发现她后面一排的座位空着，教室里人又不太多的时候，我就会勇敢地占据那个令人无比幸福的位置。

直到那时，我还不知道维佳怡的名字。为了了解维佳怡的情况，我曾特意结识了与她同一专业的男生，又不敢专门去向他打听，怕对方识破自己的意图。

一天上午，我一推开 8 号教学楼的玻璃大门，就发现维佳怡坐在左前方那间教室的第一排，而且她身后的座位正好空着。我欣喜万分，心怦怦跳着径直走进去。教室里已有很多学生，不过我已无暇多想，直接坐到她身后的空位上。

不久，维佳怡起身走了出去。她的课桌上放着一个作业本，封面朝上，姓名栏隐隐约约写着几个字。我又是一阵欣喜，打探那么久了，终于碰到一个千载难逢的机会。我把左胳膊肘支在桌子上，单手罩住左眼，上半身努力前倾，想仔细看清那个名字，可因为近视只能勉强辨认出中间的"佳"字。

怎么办？机不可失！我灵机一动，想起了一个听说过却从未使用过的老掉牙的办法。我原本还有些犹豫，一想到等她回来就没机会了，便不再顾虑什么，慢慢用手中的笔将我面前的书推到桌沿，眼看着它掉了下去。我马上站起来，走到她的座位上俯身去拾，眼睛当然没忘记自己的重大任务。就这样，我终于看到了"维佳怡"这个天底下最动人的名字，以及上面所写的具体班级。

维佳怡回来不久，一位老师在腋下夹着一本书走了进来，我这才意识到他们并不是在自习，而是要正式上课。我赶快收拾书本，尴尬地匆匆走出教室，我听见旁边有几个女生在窃笑。那节自习课，我在书本上密密麻麻地写满了"维佳怡"三个字。

仅仅知道维佳怡的姓名还远远不够，她是哪里人？家境究竟如何？我离她究竟有多远？一连串的问题向我横扫过来，寻找答案成了接下来的头等大事。室友们纷纷给我出主意，穆云飞忽然想起最近学校统一为学生办理身份证，为避免户籍资料出现差错，允许学生到档案室核对。打听到这个活动还没结束，我马上拉着穆云飞来到档案室。我们在几排档案架间找到维佳怡所在的院系，进而搜寻她所在的专业，最后挑出零一级三班的档案夹。

我俩埋头查找着，穆云飞悄声问道："是三班吗？不会是别的班吧？"

"应该没错，我记着是三班。"

把三班的档案迅速浏览了一遍，依然没发现维佳怡的名字。

"也可能是二班。我当时慌里慌张的，可能看错了。"说着，我们又把二班的资料取了出来。

"核对个资料怎么这么久？"档案室里那位四十多岁的男老师跷着二郎腿，端着茶杯问道。

"不好意思老师，快查完了。"我抬起头来抱歉地冲他笑笑，随即低下头继续快速翻阅。

"我看，你们不是核对自己的，是在查人家哪个女孩子的资料吧？"男老师笑着慢悠悠地说道。

意图被人看穿了，我顿时感觉脸颊和耳根有些发烫，不好意思地挠挠头，冲那个老师笑了笑，什么也没说，加快了查找的动作。

终于在二班的档案夹里找到了维佳怡的资料，我激动不已，赶忙用圆珠笔把她的家庭住址和生日等信息写在手心上，然后满心欣喜地同那位老师告别。

不久，我又在学校宣传栏上看到维佳怡不仅是外语学院的电影文学社负责人之一，还是一等奖学金获得者。我当然为维佳怡的优秀感到开心，同时也明白自己要付出更多的努力才有可能缩短与她的差距。

我已经多次在8号楼的走廊里与维佳怡迎面相遇，每次都目不转睛地看着她从身边走过。一次，空荡荡的走廊里只有我们两人相向而行，她发觉我一直在凝视她，于是将微微眯缝着的眼睛勇敢地迎向我的目光，直到我们擦肩而过，那是一种纯净而充满柔情的目光。同样的情形，还在校园门口发生过一次，那天中午，阳光热烈，校门口空旷无人，我正要走出校门，一个女孩独自走进来，正是她！我照例凝视着她，她的目光再次无畏地迎向我。那几次互相凝视，让我产生这样一种想象：茫茫宇宙中，两个相距遥远的星球各自发出一束强光，穿越亿万光年的时空后，偶然撞击在一起，那种撞击是无声的，却爆发出巨大的能量，诞生了一个全新的微型宇宙。爱情的相遇，无异于两颗星球相撞。我发现自己渐渐变成一个勇敢者。经过那么多次相遇，她应该已经对我有所印象吧？尽管这样想，我还是不敢搭讪她。

几乎每天都要想办法见维佳怡一面，这还不够，每晚睡觉前还要让她的音容笑貌在脑海浮现许久才能入睡，不过，我对维佳怡的那种想念是纯洁无瑕的，不带一丝一毫性方面的幻想，甚至连亲吻的情景都没有，脑海中浮现的只有她的容颜、微笑与身影。每当我忍受不住欲念之火的炙烤，幻想性爱情景时，对象总是其他女性，有的是情色影像里的女人，有的是学校里某个性感的女孩，但从不敢将维佳怡作为幻想对象，觉得那是对她的玷污。

我把对维佳怡的情思都写到日记里，并秘密地为她写了一首首诗。这样的日子又过了半年，大二寒假结束后，也就是令人煎熬的单相思持续了整整一年半以后，我才终于下决心向维佳怡表白心迹。

六、一个人的北京城

　　毕业几年后，我写过一首诗，题为《千万空城》，其中有这么几句：千里之外／我听见花开……一千五百万个身影／都说这里人潮汹涌／我却只看见一个人／一个人的北京城。

　　维佳怡比我早来北京几个月。我刚到北京时已近四个月没见过她，而且大半年前还因为她而经历了第一次失恋。来北京之前，我每天都迫切希望见到她，到北京后，我一到落脚点就打电话告诉了她，此后每隔几天就跟她联系一次。不过，我一直没约她见面。我当然渴望见她，却又希望等找到正式工作之后而不是以无业游民的身份去见她，以便向她证明我也可以凭自己的能力在北京立足。此外，还有一种心理缓解了我的迫切之情：既然已经来到她所在的城市，离她更近了，今后见面机会多的是，所以早几天或晚几天与她相见也无需太在意。

刚到北京时，我住在一个中学同窗好友的大学宿舍里，在清华南门附近的紫荆公寓。头一个多月，我几乎每天都买《手递手》或《北京人才市场报》，寻找文字方面的工作，然后给招聘公司打电话，对方通知面试时间后，我就骑着花五六十元买的一辆浅绿色二手吉安特牌自行车去应聘。那段时间，我揣着一张北京地图，骑遍了大半个北京城，以清华五道口为原点，到苏州街，到魏公村，到紫竹桥，到公主坟，到北京西站；到西直门，到阜成门，到复兴门，到西单，到王府井，到建国门，到国贸；到牡丹园，到马甸，到亚运村，到安贞桥，到静安庄，到东直门，到工体，到朝阳公园，到大望路……从这个地方到那个地方，从这个公司到那个公司。自行车上的北京真大，无边无际，无论走到哪里，都有汹涌的人流、车流，都有密集的楼房。

北京之大令人惊讶，北京的饭菜之贵也让人咋舌。当时，银行卡里只有上学时打工攒下的一千多块钱。在学校时，每天三顿饭花不了三块钱，到北京后却发现胡同里最不起眼的小饭馆最便宜的一碗米线也要三块五，而且分量很少，把汤全都喝掉，还是感觉不到饱。我没这么奢侈过，有点心疼饭钱。为了保证手中的钱能支撑我找到合适的工作，便将早饭和午饭凑在一块儿，每天只吃两顿饭。偶尔几次还可以，时间一长，胃就开始反抗了。

很快，我被位于魏公村的一家校对公司录取了。我用一天时间掌握了之前从未接触过的几乎所有的编辑校对符号，上了两天班后发现那份工作没有什么前途，于是毅然离开，开始寻找下一份工作。

不久，一家在阜成门桥西边一座写字楼展开招聘的民营图书公司决定录用我。招聘负责人问我对工资待遇的要求，我的期望值是不低于当时的基本工资800元，为了保留讨价还价的余地，心中缺乏底气地犹豫道："不能……少于1000元吧。"对方笑了："试用期1200，转正后1600。"下楼后，我马上给维佳怡打电话告知这个喜讯，她也为我感到高兴。不过，后来考虑到那家公司总部位于大兴区，离维佳怡所在的昌平区和北大清华都太远，也就是离爱情和文学都太远，于是选择了放弃。

接着，我又被位于健德门桥附近的一家教育类杂志社录取。作为入职通行证，老板让我写一篇六七千字的关于某重点中学的模拟访谈。几天后，我交了稿子，老板看后挺满意。听同事说，这个老板曾在一家知名财经类媒体任职多年，这家杂志是他从主办方承包下来的。上班一周后，有个当时入职不到一个月的新员工不知为何与老板发生了矛盾，老板竟然在自己的办公室与他对骂。最后，老板将那个新员工赶走，并且一分工资也不给。也许是在气头上的缘故，下午开会时，老板气冲冲地训斥我们几个编辑："现在这社会，挣不到钱就是废物！这看不惯那看不惯，这社会就这样！要是看不惯就跳楼啊！从这里跳下去！"说到这里，老板用右手食指指向落地窗——办公室位于20楼。我怀疑老板这番话同时也在骂我，因为面试时曾给他看过几个短篇小说习作，其中一篇的主题是批判个别女大学生为了物欲而给道德低下的某个有钱人当小三，甘当对方的玩物。我意识到这位老板就是个有点知识的流氓，为了钱恐怕什么底线都能突破，员工在他眼中只不过是赚钱的工具，连尊严都不配拥有，而这家杂志社更是他的敛财工具。我工作难道仅仅为了那点工资吗？为了留住这份从外界看来挺有面子的工作，就可以容忍他的肆意侮辱吗？刚上班没多久，就目睹了在办公室里毫不顾忌地辱骂大家，还不知道他以后会做出什么事来，那个被裸辞的同事就是前车之鉴。我坐在办公桌前低头听着他那番毫无教养的训斥，心里燃起了一团火，胸膛不停地起伏着，恨不得立即站起来反驳他，不过最终还是忍住了。第二天早晨，我没有去上班，一到九点就用宿舍里的座机给他打电话声明辞职，他在电话里显然有些惊愕，停顿了好一会儿，最后才颓然道："那好吧。"

也许是老天对我的天真和轻率的惩罚，后来的求职经历充满了坎坷，竟再也找不到文字方面的工作。

接下来的一个多月，每次上午前往面试时，骑得飞快，风风火火得像一头小牛犊；等下午返回时，因为又热又累，就变成了慢腾腾的老牛，有时候由于没吃午饭，喝水太少，更是又饿又渴。

一次，我去大望桥南边的一所培训学校应聘语文讲师，面试结束时已是下午两点，胃早已饿得隐隐作痛了，由于跟西大望北路一家广告公司约定的面试时间快到了，就先在楼下的小超市买了块面包，趁着爬楼梯时匆匆吃了几口。广告文案考试终于结束后，我的饥饿感早已消失。

此时已是下午三四点，返回的路上，被火辣辣的太阳烤得时间一长，有点儿虚脱的感觉，胃也重新开始发疼。我骑得特别慢，如同一只负重的蜗牛。骑到一座公园（后来看地图知道那是朝阳公园）旁边时，我实在难以坚持，就在路边停下，坐在公园外面人行道的木凳上。公园里美丽的湖水和花木就在眼前，只隔着一排暗绿色的铁栏杆，我却无心欣赏。同样坐在木凳上，别人大都一副悠闲的神情，我却只是歇一歇，等待胃部的疼痛消失。我明白应该吃点东西，可又没有任何食欲，而且身边也没有可吃的。不久，一个卖烤地瓜的大叔骑着三轮车在路旁停下叫卖："卖烤红薯哩，香喷喷的烤红薯！好吃不贵，一块钱一块，香喷喷的烤红薯！"我买了一块。卖地瓜的离开十几分钟后，感觉胃里平静了一些，于是剥开灰暗发皱的外皮，金黄色的鲜嫩红薯瓢散发着扑鼻的香气。谁知，一口还没咽下去，胃部一阵痉挛，"哇"的一声吐了出来。我扶着一棵树，弯腰干呕。那天回到宿舍时已是晚上。

距离回学校毕业答辩的日子只有十天了，工作还没定下来，银行卡里也只剩两百多块钱，我知道如果再找不到工作，就只能离开北京，跟维佳怡就此告别，甚至可能这辈子再也见不到她。因此，收到一家杂志社的面试通知时，我就像抓住了一根救命稻草。

6月的北京城简直是一个密不透风的蒸笼，太阳如火炉悬在头顶。我在北三环上奋力蹬着自行车，弓着身子，上半身几乎与地面平行。仿佛刚洗过澡一样，浑身上下每个毛孔都在冒汗，头发和短袖 T 恤都湿漉漉的，T 恤紧紧地贴在后背上。虽然不断用手背擦拭额头、眉毛和脸部，可咸咸的汗水还是时不时地流进眼睛和嘴里，刺得眼睛有点沙疼。前方是蓟门桥，我一阵猛蹬踏板，爬上长长的缓坡，同时在心里喊道："这次一定要成功！这次一定要成功！"

幸运的是，面试成功了，试用期工资每月 1200 元，我如愿以偿地留在了北京，保卫住了继续追求爱情的希望。

那时，我只向往"两情若是久长时，又岂在朝朝暮暮"的深情与久远，却没有"一万年太久，只争朝夕"的紧迫与危机感。几年后才真正意识到，人生际遇如烟云，变幻无常，稍纵即逝，很多事情是不能一味空等的。

工作终于稳定时距离我来北京已过去两个月，我这才开始约维佳怡见面，希望周末去找她，她却几次以加班或已有安排来推辞。那时我还没有手机，每次跟她联系都是用住处附近小卖部的出租电话。一个周五下班后，我再次怀着忐忑又兴奋的心情拨通她的手机号，问她周六是否有时间。她周六已经约好了。那周日呢？周日也有安排了。已经连续多次被拒，我终于忍不住了，不无懊恼地问她为什么总是没空。她的语气有些不耐烦，说她真有事，都是提前安排好的。我问她是不是根本就不想见我，她说："你不要强迫我好不好？我都已经提前约好了。"时隔多年，我已记不起自己当时还说过什么，只感到一股寒流袭遍全身，那敏感脆弱的自尊仿佛受到了伤害——二十年后的今天，可以百分百确定的，是自从认识维佳怡以来，她其实从未说过伤害我自尊的话语，相反，她一直在鼓励我，而我当时感到自尊受到伤害，只不过是因为连续几次约她遭拒才产生的——无限悲伤和寒意涌上心头，我告诉自己要认清一个事实：她根本不想见我，我纯粹在自取其辱。挂掉电话后，我暗暗发誓：从今往后，再也不给她打电话，再也不联系她，再也不约她！

回到住处时，几个光着膀子的室友一人握着一瓶啤酒，就着凉拌黄瓜和水煮花生，喝得正兴奋。一个室友的 IBM 手提电脑里传出一个男人粗犷、沙哑、苍凉的歌声，听来令人心碎。我若无其事地席地盘腿而坐，像其他人一样，在喝过一瓶啤酒之后，跟随 MV 字幕扯着嗓子大声唱道："2002 年的第一场雪，比以往时候来得更晚一些，停靠在八楼的二路汽车，带走了最后一片飘落的黄叶……""在你的内心里是怎样对待感情，直到现在你都没有对我提起，我自说自话简单的想法，在你看来这根本就是一个笑话……"那时候，恰逢歌手刀郎红遍大江南北，大街小巷到处涌荡着他的歌声，每天下班后，室友便循环播放他那几首代表作。唱着唱着，内心的悲凉仿佛要从眼眶溢出，双眼渐渐模糊，我面带微笑，强忍着打旋的泪花。我没有将心事告诉任何人，依旧像往常那样笑呵呵的，只是当大家都入睡后，我总是感到胸闷，时不时要深呼吸几下，那声音既像呼吸，又像叹息，紧闭的眼帘内不时有液体微微摇晃。

随后的日子，我成了一个特殊在押犯，身体是自由的，心却被困在监狱中，无时无刻不想逃出那座牢房。同时，我变得对什么都不太在乎。

不久，公司老板带领一名副总和我以及另外两家媒体的记者和一名律师去南方某座城市出差。据说是当地几家民企老板的亲属找到这家杂志社，希望曝光一起海上大规模械斗事件：当地利益方与一家央企下属的外地公司因海上采砂产生利益冲突，进而在海上发生轮船碰撞，双方大打出手，导致人员伤亡，当地几家民企的老板被逮捕。我们下飞机后，快要走出机场大厅时，被一群身着普通衣装的中青年男子拦住，为首的中年人亮明身份，说是警察，希望我们配合检查，然后把我们带到出口旁边的某处角落，让我们一一出示身份证。几个便衣警察在用手持仪器检查证件的同时，为首者时不时地走到远处打电话说着什么。在那个由巨大玻璃幕墙构成的机场大厅的角落里，在被围困的四五十分钟光景里，我镇定自若，丝毫没有畏惧，一方面觉得自己是个刚毕业参加工作的小职员，并没有做什么坏事，另一方面想着即使被抓蹲监狱也不怕，正好可以像某些作家那样在狱中写作，将跟维佳怡有关的故事写成小说。最后，便衣放我们通行时，老板拍着我的肩膀，用一口浓重的浙江口音不无傲然地对为首者说道："这是我们刚招来的编辑，中国政法大学毕业的高才生！"老板是浙江人，身高一米八，言谈举止间具有张飞的粗率和张扬，头脑却颇有诸葛亮的缜密和细腻，大家私下里送他外号"诸葛张飞"。诸葛张飞有两颗略微倾斜的大门牙，中间有道缝隙，说话时有些漏风，仿佛嘴里含着一颗热枣。听说他高考落榜后四处打拼，经过一番辗转腾挪和因缘际会，创办了这家以社会调查为主要业务的公司，注册有几家分公司和两份杂志，并在全国多个地方设有所谓的"调查员"站点，我的工作就是和几个同事编辑其中一本杂志。入职不久，公司组织新员工和来自全国各地的几十名所谓"调查员"到郊区一处场地进行军训和培训。一天下午，我们在培训教室门口围观诸葛张飞与一名副总下象棋时，他的手机响了，他扫了一眼，单手打开手机盖，摁了免提，手机里传来一个女性的声音，问他在哪儿，他说在培训的地方下象棋。我听出对方是公司里那位负责人事和行政的主任吴诗诗，她是个北京姑娘，年约二十五六岁，皮肤白皙，美丽苗条，说话办事干脆利落，走路时昂首挺胸，英姿飒爽，如同一只骄傲的孔雀。听说吴诗诗是诸葛张飞的情人，而比她大二十多岁的诸葛张飞在老家有妻子儿女，据说正在办理离婚手续。吴诗诗不客气地问道："你没撒谎吧？"旁边的办公室主任大声说道："没撒谎，在跟李总下象棋呢。"吴诗诗还想说什么，诸葛张飞"啪"的一声用一根手指扣上了手机盖，然后将握着手机的拳头搁在膝盖上，不动声色地继续下棋。这个动作惊到了我，像吴诗诗那样的女孩恐怕是很多男孩心目中的女神，就像我对维佳怡那样，视若珍宝好好呵护还求之不得呢，他居然如此粗暴地对待她，不免让人生出一种暴殄天物之感。那天在机场大厅，听到诸葛张飞对警察说我是中国政法大学毕业的高才生时，我脸上没有任何反应，只是心中暗笑：这人真是说谎不打草稿，连警察都敢骗，其实我的身份证还是上学时办理的，住址明明写着某省某大学，跟中国政法大学没有丝毫关系，而刚刚检查过我身份证的警察是知道这一点的。一个多月后，公司举办中秋聚餐时，诸葛张飞带着几个副总端着酒杯走到我们那一桌，再次拍着我的肩膀对大家说："这小伙子不错，有胆有识，临危不惧！好好干！"说着，跟我碰了下酒杯。我明白，诸葛张飞对我只知其一不知其二，他以为我当时的临危不惧纯粹是性格使然，殊不知还有一个原因，那就是由于失恋而对什么都不在乎，即使蹲监狱也无所谓。

与维佳怡断绝关系的那几个月里，无数个暗淡的黄昏，无数个辗转难眠的深夜，无数个从忧伤中醒来的清晨，无数个午休时分，无数个漫长的下午，无数个编稿或看书期间，无数个发呆时刻，无数个下班后的时间，无数个周末，无数个在街上郁郁独行的日子，无数个茫然地望着马路上的滚滚车流和人流的时候……我都在不可抑制地思念维佳怡，渴望再次见到她，渴望再给她打一次电话，哪怕只是听听她的声音也好。有无数次，我走进电话亭已经摁完了她电话的最后一个号码，但在最后一刻，那可怜的自尊心都无比蛮横地阻止了最后一个按键动作。我本可以像电影中经常演的那样拨通对方的电话，什么都不说，听到对方的几声"喂喂"之后再挂掉，不过我从未允许这种情形出现在自己身上，怕接通之后会失去定力，忍不住回应她。

就这样，差不多有半年时间，我再也没有联系她，没给她打过一次电话，没给她发过一次短信。

那半年时间里，北京城对我来说，就是一座拥有一千五百万人口的空城，里面只住着一个人。那个人当然不是我，因为我那时只是一具被掏空的躯壳，没有灵魂，没有心，只有对维佳怡的无尽思念，从每一个白天持续到每一个黑夜，又从每一个黑夜持续到每一个白天的，绵延无尽头、不可抑制的思念……

七、第一封情书

初恋，是人生中饮下的第一杯自带小毒的甜蜜烈酒。第一次给心上人送情书时的情形，则是啜饮的第一口甜蜜：甜蜜的剧烈心跳，甜蜜的焦灼等待，甜蜜的忧虑，甜蜜的眩晕……甜蜜得足以供你咀嚼一生，哪怕是时间也无法完全将它抹掉。

在大二上半学期快要结束时，我用几个辗转难眠的黑夜和一个彻夜疾书的通宵，写好了一封七八页的情书，并用小学生般的工整字体誊抄了两遍，直到信纸上几乎没有一处涂改。我暗恋维佳怡一事在宿舍里早已不是秘密，大家听说我要送情书，无不兴奋异常，就像他们本人要向暗恋对象表白一样，争着从我手中抢过那封信，几个脑袋聚在一起，边看边赞叹，有的说写得太好了，都够格发表了；有的说比我那些三流小说可强太多了；有的则愤愤不平，说我去年帮他写给阿芳的那封情书根本没法跟这封相比，简直一个天上一个地下。我不无得意：全都是在心里积压了一年半的肺腑之言，字字皆情，句句掏心，怎能跟替别人写的想象出来的情话相提并论？

可是，因为胆怯，我一天天地踌躇，一天天地拖延，错失一次次机会，直到寒假来临，我依然没能把情书送给她。我在时而懊悔时而庆幸的复杂心情中度过了那个比以往漫长得多的春节假期。那一个月里，我下过一千次决心，一开学就马上把信送给维佳怡，绝不再拖延！

等到终于将信送出时，已是开学一个多月之后。

送信那天，我已提前查过维佳怡班级最近一周的课程安排，知道她那天晚上没有课，猜测她一定会照例去8号楼自习，而我当晚正好在那里上一门选修课。为了不给自己留后路，早晨一醒来，我就广而告之，今晚一定要把信送给维佳怡。室友们以为我又像往常一样自我安慰，自然都不相信。

下午四五点钟的课外活动时间，我特意买了几袋单价五毛钱、最适合自己发质的拉芳洗发膏。洗完头发后，我向柳东坡借啫喱水。

"不会吧？这次动真格的了？"柳东坡笑着把啫喱水递过来。我之前很少用啫喱水和发胶，觉得那是富家子弟的专用品。

我一手举着小镜子，一手用木梳翻来覆去地梳理发型。三七分后，左看看右瞧瞧，觉得不太理想，又变成四六分，看着还是不满意，便打散重新梳。最后发胶已经干燥，头发也成了僵硬、乱蓬蓬的鸟窝，于是又洗了一次头。折腾半天，终于勉强满意。

见我在短短半小时内洗两次头，破天荒地用了两袋洗发膏，又如此郑重地梳理头发，比初次登台的演员还细心，室友们终于相信了。

"恒一，别穿这夹克了，没有领子，有点儿显老。穿你那件黑羽绒服吧，那多帅啊。"柳东坡提议。

"就是，有好看的干吗不穿？"穆云飞说道。

"现在不那么冷了，穿羽绒服不合适吧？"我也非常喜欢那件黑色短风衣型的羽绒服，那是我去年冬天买的，可以说是为了穿给维佳怡看的。那是我到那时为止买过的最贵的衣服，花80块钱在四海服装批发市场淘来的，纯黑，修长，质地细腻，样式简约，拉链内置，不带任何花哨的修饰，低调大气又时尚。刚开始穿那件"昂贵"的华服时，我总是浑身上下不自在，仿佛穿的不是一件衣服，而是一身华丽的荆棘。在微微得意的同时，也隐隐生出一种愧疚和自责，总觉得穷人家的孩子应当穿得简朴一些，否则就是虚荣、奢侈。

"怎么不合适？现在还有些冷，我还穿着毛衣呢。"柳东坡指了指自己，又忽然想起什么似的说道，"我怎么忘了！穿我那身西服啊！"

柳东坡从衣柜里拎出价值三百元的咖啡色西服。王海澜半年前初次约会时就得到了这套西服的一臂之力。

"太帅了！好了，就这件了！"柳东坡等人纷纷赞道。

俗话说的没错，"人靠衣装，马靠鞍装"。那套西服仿佛具有神奇的魔力，穿上之后顿时给人一种升华感，精神和信心都为之一振，仿佛周身笼罩了一层光。

就穿柳东坡这身西服了，维佳怡见了说不定也会怦然心动的。正得意间，一个念头突袭而来：我给维佳怡送情书怎么能穿借来的而现在还买不起的贵重衣服呢？这次去见她穿戴得如此光鲜，可今后还是像平常那样衣着普通，这不是欺骗她吗？这会给她一种错觉，让她误以为我是富家子弟。不行！不能穿这么好的！还是应该穿平时那些简朴的衣服，应该把自己的真实面貌呈现在她面前，不能有半点虚假半点欺骗。虽然借别人的好衣服是为了给心爱的女孩留下美好的第一印象——恐怕不是第一印象，她应该对我多少有点印象，我跟她对视过好几次呢——哪怕这不算欺骗，可也不能算诚实吧？是的，应该保持今天的正常穿戴，那件黑色无领夹克虽然朴实无华，却代表了我的真实状况，应该以真实面貌去面对维佳怡，我不能给自己制造假象，更不能给她制造假象……

……但是，第一次给日思夜想的女孩送情书，毕竟是太关键的时刻。如果维佳怡见我在这么重要的场合还穿得这么随意，于是马上拒绝我呢？那我岂不会后悔一辈子？为了赢得她的青睐，在关键时刻给她留下一个美好印象，也没什么不对吧？是啊，绝不能因小失大，绝不能因为这点芝麻小事而冒风险。不过，假如一个女孩真的仅仅因为我衣着朴素就拒绝我，那么她还值得我去追求吗？如果她真是那样的人，说明我们确实不适合，我就没必要去追求，追不到也没什么遗憾……可是，面对如此喜欢的女孩，在如此关键的时刻，又岂能如此轻率地为自己制造障碍和危机？不行！不能如此轻率！……不过，维佳怡应该不是那种女孩，她那么善良那么端庄那么美好，不像是那种势利女孩，我相信自己的直觉，相信自己不会看错人。对了，再说，我早已在这封信里向她简单而明确地说明了我的真实家境，对她没有什么隐瞒，既然这样，我就更没必要用别人的华衣丽服给自己装饰虚荣的门面了。

经过一番激烈交锋，终于下定了决心。

后来回忆起当时的种种念头，我不禁嘲笑自己的古怪和固执。别人第一次给心上人送情书时恐怕不会有这种可笑的想法吧？谁不会想方设法把自己打扮得更帅更漂亮一些呢？向别人借好衣服穿也属正常。可我那会儿就是一根筋，任凭柳东坡他们怎么劝，仍旧执意按自己的想法去做。我不想欺骗任何好人，不想靠不诚实的手段来获得想要的东西，是自己的就是自己的，不是自己的就不去强求。

那天晚上，上课之前半小时，我像平时那样从一楼展开地毯式搜索，搜寻每一间自习室。终于在四楼402室左前角的第一排课桌上发现了维佳怡的淡绿色水杯，座位上放着她那个我久已熟悉的白色大挎包。不过，人不在教室。

我正通过教室后门的窗户寻找她的身影时，上课铃声急剧地响了起来，似乎比我的心跳还要激烈还要焦急。

我快速跑下楼，回到教室。

那堂课是我最喜欢的旁听课，由图书馆馆长夏雪城老师主讲《中国现当代文学》。夏老师年约四十岁，英俊儒雅，却沉默寡言，平时很少见到他笑。听说他90年代初毕业于北师大。我们都很纳闷，北师大在我们心目中仅次于北大清华，他这位早年毕业于一流名校的天之骄子、如今满腹经纶的学者为何多年来埋没于这所偏僻的普通院校？我也是考到这所大学后才得知这个校区的前身是一所高职院校，两年前刚跟另外几家高校合并成一所新型综合大学。以夏老师的学历和才学，当年完全可以分配到全国知名学府吧？最差也可以到省级名牌大学任教吧？为何最后被分到一个小城市里的高职学校？我们百思不得其解。

我第一次旁听夏雪城老师的课程，与其说是被他的学识所征服，不如说是被他的精神气质所震撼。他当时讲的是北岛的诗歌《回答》，讲解之前，他逐字逐句地朗诵了一遍全诗。他神情凝重严峻，语调深沉缓慢，犹如一股西伯利亚寒流，裹挟着一种难以言说的悲愤与沧桑：

"卑鄙是卑鄙者的通行证，高尚是高尚者的墓志铭。看吧，在那镀金的天空中，飘满了死者弯曲的倒影……告诉你吧，世界，我——不——相——信！纵使你脚下有一千名挑战者，那就把我算作第一千零一名……"

读着读着，夏老师的声音变得有些嘶哑、颤抖，宽大眼镜片后面的双眼里渐渐漫起一层液体，那层液体越来越厚，越来越亮，不住地晃动，闪光。看得出他在极力克制自己的情感，最终没让它们滚落出来。

那是我第一次见人在朗诵一首诗时如此投入，如此动情，不由得从心底感到一种震颤和冲击。感动的同时，我也和同学们一样充满疑惑，这首诗为何让他如此动容？一首诗为何能像一股风暴在他心里掀起那么大的波澜？后来，有个别同学甚至私下里嘲笑他："不就是一首诗吗？至于那么动情吗？他是不是精神有问题啊？"我对这种偏见当然不屑一顾，想想自己不是有时也被某些名著感动得唏嘘泪下吗？然而，夏雪城老师显然不是一般的感动，仿佛那首诗不是别人写的，而是他自己用鲜血和生命写的，倾注了他所有的苦难与悲愤；又仿佛那不是一首诗，而是卡夫卡眼中的一把斧头，劈开了他内心冰封多年的海洋，撕开了他深埋心底的悲痛记忆和巨大创伤。夏老师有过什么惨痛的人生经历吗？我问过几位同学，大家都不得而知。当然，这不妨碍我敬重且感佩于夏老师身上流露出的那种独特气息，我深深为之所吸引。

从此，我喜欢上了夏雪城老师的课，一有机会就去旁听。

跟夏老师熟悉后，我曾拿着几个短篇小说习作向他请教。几天后，他在小说空白处给我写了几段评语，说我现在写的还比较青涩，像很多刚出道的青春期作者一样尚处于"为赋新词强说愁"的阶段，不过这也是正常的，鼓励我继续努力，多读世界经典名著，多观察，多思考，多积累，多感受，多体验，多写，多练习，多修改，相信随着我的阅历更加丰富、思考更加深入，今后能够写出优秀作品。他的一句话令我印象深刻：不要急于求成，要厚积薄发；不要被张爱玲那句"出名要趁早"所蛊惑，要像沈从文和福楼拜那样把文学当作信仰，并嘱我铭记尼采那句话："谁终将声震寰宇，必长久深自缄默。"

我至今仍收藏着夏雪城老师当年给我写下评语的那几页稿纸。只是，由于后来多年一事无成，一直没好意思跟夏老师联系，怕他失望。

那天，我本想认真听夏雪城老师的文学课，可一直无法静下心来，满脑子都是维佳怡的影子，时而想象即将到来的重大时刻，时而担心被拒绝，时而又生出美丽的幻想。时隔不久就看一下柳东坡的手表，感觉秒针慢如蜗牛，真希望直接把表针拨到下课时间。过了许久，心情才渐渐平息下来，终于能够集中精力听课。等再一看时间，发现离下课只剩几分钟，不禁一惊。重大时刻即将来临，我反而害怕起来，心里那面小鼓又开始剧烈敲击起来，勇气在一点点流失：会不会被维佳怡拒绝？如果被拒的话，我的心思也暴露了，以后就再也不能以陌生人的身份去接近她，连在远处凝望她的机会也丧失了……这样一来，还不如不送呢……要是她已经离开这栋楼就好了，这样就可以免遭拒绝，至少以后还可以继续暗恋她……

一下课，柳东坡、穆云飞和王海澜就拉着我往四楼跑。快到四楼时，我再次产生临阵脱逃的念头，身体后缩，不敢向前迈步："要不算了，还是别送了。"柳东坡和穆云飞分别拽着我的一只胳膊，生生把我拖到了402室关闭着的后门。

透过有些雾蒙蒙的玻璃窗，可以看见室内稀稀落落地散布着十多个学生。柳东坡他们在我的指点下看到了维佳怡在前排伏案看书的背影。由于我常常在寝室里谈论维佳怡，他们也在校园多次见过她，因此对她也比较熟悉。

"现在让穆云飞把她喊出来吧？"柳东坡笑着问道。

心脏如脱兔般跳跃着，既兴奋又胆怯，犹豫了一两秒，最终如即将冲锋的战士般把心一横："行！"

穆云飞刚走出两步，我赶紧追上去拉住他的胳膊说："算了，别喊了，我不送了。"

正准备走开的柳东坡等人一听，马上回来拉住我，笑道："怎么又变卦了？！"不由分说便把我生生地拖到402室前门附近。

"要不我替你送给她吧？"穆云飞见状提议道。

我当然非常渴望把信送给维佳怡，可内向羞怯、自信不足和优柔寡断的性格使得我不敢采取最后的行动，现在只要再给我一点激励，再推一把，我就能做出勇敢大胆的举动了。穆云飞的话正好在无形中起到了激将作用，使我想起了此前的决心："一定要亲自面对维佳怡。"于是，所有的胆怯一下子消失了。

穆云飞推开教室门喊道："维佳怡出来一下，有人找你。"说完，他就和柳东坡、王海澜"噔噔"地跑向楼道尽头。

我仍然抑制不住内心的激动和紧张，不由自主地也跟着他们向前紧走几步，来到隔壁空无一人、一片漆黑的教研室的窗户前。

这座新楼的格局比较特殊，每层楼都有两排教室，中间是一条走廊，而四楼只有南侧的一排教室，北侧则是空旷的三楼楼顶。据一位教经济学的副教授说，这座紧靠学校边沿的教学楼原本规划六层，建到三层时，楼后面的校外居民开始集体反映此楼剥夺了他们的采光权，要求校方赔偿损失，并强烈抗议此楼继续增高。双方一度闹得很僵，还上了法庭。最终，校方赔付每户居民八千元，并有了这座只有三层半的教学楼。

此楼刚建成半年，淡粉色的墙壁上就裂开了一道道蜘蛛网般的缝隙，虽然不影响整体牢固性，却也不能说不是豆腐渣工程。那位副教授曾公开在课堂上以上述两个例子教育大家："公家的东西就是唐僧肉，谁都可以咬一口。大家以后要记住这一点，公家的钱好赚！"我听后恍然大悟，无怪乎学校里有的人浑身上下像抹了一层猪油般令人生腻。一天，这位副教授还笑眯眯地公开教导我们："你们将来走上社会后，一定要善于发现对方的欲望，他最喜欢什么，就给他什么，像小猫喜欢腥味，你就给它鱼；像小狗喜欢骨头，你就给它骨头，这样，你做什么都能成功。"他那副笑眯眯自我感觉异常良好的样子，仿佛将自己珍藏半生的宝贵智慧和经验毫无保留地传授给了他的弟子们，以为学生们一定会对他感激不尽——确实有些人把他的教诲奉为圭臬，而我听了他那一番高论，只感到一种恶心和悲凉：难道社会就这么势利、这么见利忘义、这么没有原则吗？一个堂堂的副教授居然在课堂上公然向学生们灌输这种投机取巧、不择手段的价值观！

上面这些只是我当时在紧张等待的间隙中胡思乱想时想到的。

为了让心情尽快平静下来，我关掉附近的一盏廊灯，置身于一片灰暗里，侧身面向窗外。透过两栋楼的间隙，可以看见远方山峰淡淡的轮廓，山顶上灯光点点，与漆布般夜幕上的星光交相辉映。我无心赏景，转过脸紧盯着十米开外的402室前门。屋门仍然紧闭，室内灯光穿过门缝在走廊的地面和墙壁投下弯成两截的"门"形轮廓。

我急切等待着那个明亮的"门"形轮廓赶快扩大，将它内部的暗斑吞噬掉。

走廊里一片寂静，楼道尽头的台阶处可以看见柳东坡几人的脸庞，他们的身体都隐藏在楼梯下面。

我仔细倾听着，却听不见屋内有什么脚步声。难道维佳怡没听到喊声？

正疑惑间，门"吱"的一声打开了。心顿时提了起来，空气也霎时变得稀薄，呼吸有点儿艰难。

一个女生站在门口，向我这边张望。

那女孩不是维佳怡。我有些失望。见她一直望向这边，试图看清自己是谁，我不免害羞起来，装作若无其事的样子把脸转向窗外。"幸亏把走廊的灯关掉了，她应该看不清我。"我暗自庆幸，仿佛做贼一样。

那个女生见我没什么动静，转身返回教室。门又关上了。

又过了几分钟，还不见维佳怡出来。我拿着那封信的手渐渐有些发热。

穆云飞从楼道尽头小跑过来，再次将门打开一条缝，将脑袋探进去，用比刚才更高的声音喊道：

"维佳怡！你出来一下，有朋友找你。对，是你。"

"原来她戴着耳机呢。"穆云飞跑过我身边时笑道。

我"嗯"了一声，迅速整了整衣服。

又一个女孩站在了明晃晃的门口，她先是扭头向右看了看，见没有人，又转向左边，望向我。

一看见她，我心里顿时如同升起一轮太阳，所有的胆怯奇迹般消失得无影无踪，刚才还"咚咚"狂跳不止的心也像施了魔法般平静下来。

我向维佳怡走去，向着我的太阳我的仙女走去。

维佳怡也向我走近了几步，似乎在努力使眼睛适应黑暗，试图看清我。

"是你找我吗？"

"是的。"我在她面前一米远处站定了。她穿着一身浅紫色的运动服，衬得她的脸庞更加白皙姣好。"清水出芙蓉！"我心里赞叹道，不过只看了她一眼就不敢再看，就像不能直视太阳那样赶紧垂下眼帘，将目光落在暗红色墙裙上。

"有什么事吗？"她微笑着问道。我们站在昏暗中，她背后两步开外是室内灯光通过敞开的屋门铺展在走廊上的一块白光。我用眼睛的余光注意到，她一直在看着我。

"嗯，有封信要送给你。"我把厚厚的一沓信纸递向她。

"这是什么？"

"一封信，你看看吧。"

她稍微有点犹豫，然后伸出右手接了过去，瞥了一眼就用单手把信纸对折一下，放进衣兜里，那只手也一直没再抽出来。

见她那么随意对待那封信，仿佛她随意折叠的不是几张信纸，而是我的心，我不由得感到一丝失落和惋惜。

"你叫什么名字？哪个系的？"她这个问题似乎有点儿生硬，不过声音很温柔。

"我叫文恒一，信息管理学院计算机系网络工程专业零一级二班的，家在凤城平清县的农村。"我之前想象并排练过几次如何轻松自然地跟她交谈，没想到现实中会如此紧张，我目光低垂，望着齐腰高的墙裙，像课堂上被老师点名的小学生背诵课文般一股脑儿地回答道，又像被审讯官提审的犯人一样拘谨机械，连她没问的也坦白了，而且特意强调自己来自农村。

维佳怡笑了："好的，我知道了，这封信我回去看看。"

"那好，谢谢啊，那我走了。"她能接收我的信，这足以让我心怀感激。

维佳怡微笑着返回了教室。

八、再相逢

跟维佳怡断绝联系后，我是在熬过半年之后才终于下决心重新联系她的。那时，我已经整整一年没见过她，距离上学时的第一次失恋也已一年零三个月。那时，我已经换了一份工作，跳槽到一家图书公司做编辑，因为诸葛张飞的那家文化公司出了大问题。此前，我并不知道杂志社有正规不正规之分。诸葛张飞旗下那几家杂志只有在香港注册的国际标准刊号，没有国内刊号，这样的刊物在大陆是不允许公开发行的。那几家杂志除了根据正规媒体的资讯编发一些主旋律文章，也时不时选发全国各地读者或调查员通过电子邮箱发来的诸如遭遇强拆、申冤等维权信息。没想到的是，工作五个月后，这家公司被一个很有影响的媒体曝光为"假记者窝"。两个月前，诸葛张飞的杂志社曾揭露某县卫生局局长垄断药品供销，导致该地伪劣药品泛滥，甚至有一些病人因此致残或丧生，当地群众怨声载道，上访事件频发。该县卫生局局长向杂志社发来律师函，说是造谣污蔑，威胁要到法院起诉。"假记者窝"事件突如其来，而且声势浩大，以封面文章加十几个版面的暗访图文报道横空出世。跟我同时入职的法律专业毕业的同事李忱义让我看了那篇报道，文中说这家半军事化管理的杂志社是非法刊物，是个假记者窝。尽管我作为普通员工并没有做过什么，不过这不应该是我久留此地的理由。几天前，诸葛张飞带着公司的几个负责人去外地出差了，也不知是不是因为提前得到消息而特意去躲避风头的。也许是因为已经跟维佳怡断绝联系太久而不再那么悲伤，我没像几个月前跟诸葛张飞出差被一群便衣拦住时那样镇定和无畏，不再有那种即使坐监也不怕的气魄。那天下午，我一直惴惴不安，想象着警察很快就突袭而来，几十辆警车警报大作，警灯长闪，上百名警察持枪将公司所在的办公楼团团包围，不久，我们戴着手铐被押上警车的画面铺天盖地地占据各家电视台、网站和报纸的黄金时段或醒目位置。下班后，我跟李忱义在公司附近的一家小饭馆商量下一步怎么办，我说："虽然都说'人为财死，鸟为食亡'，但我们不能这么做，不能为了这点工资就在这里继续待下去。"李忱义赞同我的看法，我们决定先斩后奏。第二天，我们一早就赶到公司，拿上属于自己的几件物品，随即离开，然后给编辑部主任发短信以回老家考研为由辞职，并声明放弃此前半个月的工资。那时已近元旦。一周后我找到了新工作，去一家图书公司做编辑。

元旦那天早晨醒来后，我躺在床上感慨万千，想当初原本是为了维佳怡才下决心来北京的，却不仅没见到她，而且已经跟她断绝联系五六个月，新年的降临进一步加剧了我的失落和伤感。犹豫了很久之后，我终于给她发了一条只有五个字符的短信："元旦快乐！"

"谢谢，元旦快乐。请问哪位？"她回信道。

"文恒一。"我又发出四个字符。

很快，电话铃声响了，是她打来的。

"你还在北京吗？"她的声音充满了惊喜。

"是的，一直在。"

"我还以为你早就离开了呢。"

"没有，一直在这边。"

"那怎么从来不联系我啊？"

"……"我能说什么呢？

用半年时间筑起的防线，在心里固执地站立了半年的高墙，瞬间倒塌。

我忍不住约她见面。

她把时间定在下周六。

就这样，我在什刹海附近的一家麦当劳见到了已一年未见的维佳怡。她比上学时稍显丰腴，脸颊变得圆圆的，黄色短身羽绒服衬得皮肤更加白皙如瓷。

我们边吃边聊。她问起我来北京之后的事，我讲起几次变动工作的经历。

"你后来一直没联系我，我还以为你早就离开北京了呢。能立足就好，好好努力吧。"维佳怡欣慰地说道。

维佳怡说贾作甄毕业后也来过北京，住在顺义，待了几个月实在找不到工作就回老家了。

从 2003 年暑假到 2004 年 4 月底我来北京这段时间，我和维佳怡、贾作甄之间发生了一些对我们来说都很重大的事。

"这么说，你们彻底分了？"我问道。

"要是现在让我选择结婚对象的话，我还会选择贾作甄。"她微笑着答非所问。

我不悦地撇了撇嘴："嘁！"我从未在维佳怡面前流露过这类不屑的表情，那是仅有的一次。

她仍然面带微笑："他对我实在太好了，我还没遇到比他对我更好的人。"

我撇着嘴，不满地将脸和目光转向旁边。

我没有问她几个月前为什么迟迟不答应见我，她也没问我为什么后来没再跟她联系。后来我才想到或许是当时贾作甄也来到北京的缘故，他们那时可能在做着彻底分手前的最后挣扎。

吃完饭后，我们沿着前海和后海逛了整整一大圈，两三个小时后，我送她坐上回昌平的公交车。

从此，我又跟维佳怡恢复了联系，每隔一两天就通过QQ跟她聊几句。

春节后的一个周末，我去昌平找她。在住处待到近中午时，她提议到附近的一家韩国餐馆吃饭，说那家餐馆的饭菜口味独特又好吃，老板是韩国人，上次她姐姐来北京时，两人一起去吃饭，那个五十多岁的老板说，她们姐妹长得太像了，简直是一个人，还开玩笑说要将她们姐妹列为贵宾，以后再一起来就餐给她们打折。

我们并肩走在大街上。我本来走在她的外侧，过一个路口时位置颠倒了，便重新绕到她的外侧，她笑了："不用每次都在外侧。"

"习惯了，我得做个合格的护花使者。"我偶尔也会贫嘴。

她微笑不语。那天，阳光朗照，由于前一晚刚下过一场雨，整个天空澄澈如洗，几朵白云静静地悬浮于透明的空气中，如雪堆，如海浪，如白象。马路两旁高大的白杨树正吐出鹅黄的嫩芽，仿佛一位位意气风发、头戴金冠、身披金甲的将军，人行道边上绵延数里的丁香花怒放着或淡紫或浅白的花簇，直沁心脾的芳香弥漫于天地间。

她深吸一口气，缓缓吐出："真香啊！"

少顷，她扭过脸笑盈盈地看着我："对了，问你个问题。"

"什么问题？"

"你要实话实说哦。"

"当然了。"

"你现在有喜欢的女孩了吗？"

"嗯——"我故作思考状，然后说道，"有了。"

"她长得怎么样啊？有她照片吗？让我看看。"我并未看出她有什么惊讶的神情，依然像刚才一样微笑着。

我露出一副为难的样子："我现在没法让你看，手头没有她的照片。"我顿了顿，又说道："不过，如果你包里有镜子的话，你照照镜子就能看见她了。"

她抿嘴笑着，笑容更加灿烂。

我们没再说什么，并肩走在铺满阳光、鲜花盛开的大路上。时至今日，我依然能清晰地看到那时的情景：一个风华正茂的小伙子和一个美丽端庄的女孩，安静地并肩而行，他们的微笑是那么纯真那么发自内心，他们脚下的道路明晃晃的，笔直地向前延伸着，仿佛没有什么能够阻挡他们走向幸福的远方。

是的，没有什么能够阻挡我们走向幸福的远方，除了我们自己。

也许是我们到得比较早的缘故，那家面积并不大的韩国餐馆只有一桌客人，一个四十多岁的中年男人和一个比他小十几岁的年轻女性相对而坐，男的在看报，女的在喝饮料。我们的座位与他们平行，中间隔着一排桌椅。

我们边吃边聊天，其间，维佳怡悄悄对我说道："你看旁边那桌，那个男的是韩国人，半个多小时了，他好像没跟那个女的说过一句话。"

我微微扭头望去，只见中年男人跷着二郎腿，双肘搁在桌子上，半举着一张报纸漠然地看着，脸上没有丝毫表情，那位女性则独自安静地小口吃着菜肴。十几分钟光景后，我再次扭头，发现他们几乎还保持着刚才的样子，一个看报，一个小口吃菜，仿佛互为陌生人，中间隔着一层冰冷透明又看不见对方的屏障。

"他们这样真没劲啊，冷冰冰的，看上去连一点感情都没有，我以后可不想变成他们这个样子。"

"是啊，谁也不搭理谁，太让人难受了。"

"冷暴力，跟这样的男人过一辈子，真是活受罪啊。"

"就是。不过你放心，你肯定不会遇到这样的男人，比如我就不是。"

维佳怡"噗嗤"一笑："那可不一定。书呆子会变成什么样可都不好说。"

我知道我们不该仅凭猜测就非议他人，但维佳怡的这些话却让我感到一种幸福，因为在我听来，她真正的意图不是议论他人，而是拿我们与之相比较。我进一步猜想，她这番话恐怕不无这样的潜台词吧：咱们以后可别变成他们这种冷冰冰的样子。我当然不会像那个男人那样对爱人一脸冷漠，我当然对维佳怡满怀着岩浆般的真情，然而，在后来的几个关键场合，我却做出了比那个男人更加令恋人不堪忍受的表现。

接下来，我越来越频繁地去找维佳怡。说是频繁，其实也只是每个月一两次。我们一起逛街、逛商场、逛公园、吃饭……

那时，我经常跟她讲一些文学经典或作家的爱情故事，比如：《红楼梦》里贾宝玉和林黛玉之间极为细腻、婉转忐忑的深情；《边城》中两兄弟与翠翠之间令人唏嘘又无奈的情感纠葛；徐志摩、梁思成、金岳霖与林徽因之间复杂动人的情谊；《呼啸山庄》《了不起的盖茨比》《爱侬》中的痴情绝恋；《巴黎圣母院》中的无望暗恋；《情人》《茶花女》中的感伤爱情；《红字》中男女主人公在世俗与宗教压力下的深情与痛苦……

我当然不是在单纯讲故事，而是借故事间接表白心意。每次讲述时，我都会有意无意地角色代入，把自己想象成其中的男主人公，比如对林徽因一往情深的徐志摩和金岳霖。徐志摩是因为要去北平参加林徽因的演讲而遭遇空难的。金岳霖呢，当他与林徽因互生爱慕之后，他和梁思成都是君子风范，襟怀坦荡，有情有义，都不忍为了一己之私而伤害他。林徽因去世多年后，已迈入老年的金岳霖突然有一天召集若干好友在饭店相聚，大家正一脸迷茫猜测为何而聚时，金岳霖端起酒杯说道："今天，是徽因的生日。"跟维佳怡讲到这段时，我不禁像刚读到这个故事时那样感动，我没有再多说什么，我想她能够明白我的言外之意。

一次在她住处附近一家街心花园的饭馆吃饭时，我又对她讲电视剧《上海滩》中许文强与冯程程之间的爱情悲剧。上大学时，我曾特意找人为她拷贝过周润发与赵雅芝主演的《上海滩》视频全集，不知她后来有没有看。由于我讲得有些烦琐，很长时间还没讲完，最后，维佳怡笑着说道："你先别讲了，赶快吃菜吧，你还没怎么吃呢，每次都吃这么少可不行。"每次跟维佳怡吃饭时，我都吃得很少，不知为何，一坐在她面前饥饿感就消失了，等离开她后又很快感到肚子空空如也，回到住处都要去小饭馆吃一碗面才行。维佳怡也知道这点，一次笑着问我："是不是你一看见我就不想吃饭啊？我有那么让人不堪嘛。""主要是因为面前有一位绝世仙女，一看见她，我的胃就被幸福填满了，让我的大脑误以为自己已经吃饱了。"那天，我正讲到兴头儿上，而且快到许文强为了复仇枪杀冯程程的父亲而导致两人彻底决裂的关键情节，我无法停下来，一边说着"快完了快完了"，一边继续讲下去。维佳怡则微笑着催我赶快吃饭，大幅度地缓慢摇着头，低声而温柔地说道："你快吃饭吧，不——听——不——听——不——听……"时至今日，她那会儿的笑容依然如一朵在微风中轻轻摇摆的荷花在我眼前晃动。

谈及《边城》时，我说："如果从20世纪中国文学史上只选一部能流传千古的作品，我认为就是《边城》。"

"是吗？《边城》是非常动人，可我觉得它缺少一种磅礴的大气。"维佳怡若有所思道。

"你有没有发现《边城》体现了一种大智慧大彻悟？"

"哦？说说看。"维佳怡的目光从捧着的碗沿上方投过来。

"《边城》写出了人性美和自然美，将这些美好的东西完美地融合在一起。每个人都是善良的，满怀爱与悲悯，都想与人为善，应该说在这样的环境下，除了生老病死等不可避免的不幸之外，应该不会产生什么悲剧了吧？相反，即便如此，人类仍然无法避免悲剧的结局。人生就是一出彻底的悲剧。每个人归根结底都是孤独的，这点无可改变，哪怕每个人都很善良，人与人之间都和谐相处，也无法避免这一点。人们之间永远存在着隔膜，不可能完全彼此理解，因此人的本质就是孤独，生来就是孤独的，一辈子都是孤独的。从表现孤独这一主题来说，《边城》比卡夫卡的《变形记》更高明，更见功力。《变形记》采取的是荒诞手法，那种表现形式具有鲜明的象征和引导性，让人一看就会引发思考，继而猜测作者想要表达什么主题。而《边城》更含蓄，更深沉，它没有明确或隐晦地表明自己的观点，而是让读者在无意中去感受，去恍然大悟。因此，《边城》散发出的孤独感也就更加强烈，更加深入人心。当然，这只是从单篇作品来比较，整体而言，卡夫卡开创性的文学成就当然要高于沈从文。不过，这不妨碍《边城》是超越时空的。"我在维佳怡面前如此滔滔不绝的情形并不多见。

"你这么一说，还真是呢。我当初看时倒没想到这一点。你对《边城》还挺有研究的嘛。"

"也算不上研究，不过我去年就这个话题写过一篇文章，发在了《华夏文学》。"我不无得意地说道，"但稿费不多，一千多字只有两百元。"

"挺好的，先别在意稿费。我要是能发表，不给稿费我也乐意。"

能发表文章当然令人开心，可稿费当然也是多多益善，那时我最迫切的愿望就是像杰克·伦敦笔下的马丁·伊登那样早日写本畅销书出来，然后拿到一笔能够迎娶心上人的不菲版税。正因为怀有这个幻想，我才敢若即若离地追求维佳怡。谁都知道，一举成名不是想当然就能实现的。首先，才华和文字功底还有待提升，毕竟自己不是那种文思如泉涌下笔如有神一气呵成一字不改的才子型作家，而是字斟句酌，反复修改，如挤牙膏般的苦吟派笨鸟。其次，需要天时地利人和，而我几乎一无所有。再者，我的阅读积淀也不够丰富，那时每看完一本名著就像登记战利品似的记在笔记本上，每写下一个书名，就仿佛一位将军攻占了一座城池那样幸福，可我发现读过的名著越多，远方神秘雾霭中逐渐显现出来的雄伟城池也就越多，而自己的阅读速度是那么慢，每天用于看书的时间又那么有限，那时候我才攻占了六七十座城池而已。我越发感觉在尚未读过的浩如烟海的世界文学经典面前，我那尚不成熟的写作是可有可无的，最重要的是先攻下更多的经典城池，而不是急于写作。再就是，经典看得越多，我越不满意自己写下的那些在主题、故事、情节、语言、结构、思想等方面没有什么创新的文字，也越来越看不上那些在文学性、艺术性和思想性方面有很大局限的畅销书，于是，我那个畅销书梦渐渐暗淡下去，开始回归几年前就立下的文学野心——写出具有经典品质、可以传世的纯文学作品。这样一来，那个文学梦更加缥缈，更加遥不可及，当初寄希望于文学梦这一基础上的财务梦也自然更是空中楼阁。因此，那几年，我虽然一直在追求维佳怡，虽然多次得到她的暗示，却因缺乏自信而不敢付诸行动。

她曾对我说："你可以来昌平找个工作，也可以来我们公司面试。"那是一家大型国企，她负责对接几家英美公司的业务，她相信我会在那里找到合适的工作。我当时正在为任职的那家图书公司编著一本文史方面的书籍，公司承诺为我署名，我不想错失这个可以出书的好机会——尽管不是原创，只是编著，不过对我这个毕业还不到一年的初出茅庐者已具有不小的吸引力。为了确保署名权，我知道在那本书出版之前不宜辞职，而且在昌平未必能找到理想的文字工作。维佳怡了解这个情况后，便让我先继续留在那家公司。

那时，她独自租了一套五六十平方米的小两居室，她说只有她一人住，空荡荡的，有时晚上会感到害怕。愚钝如我也知道她的话外音，不过我没敢挑明，由于短期内不可能搬到昌平，我只是建议她找个女孩合租。她说不想找人合租，从此再也没提过这事。

大学期间，维佳怡就曾多次鼓励过我，而我是怎么回应的呢？后来的很多年里，我一直在想，如果时光倒转，如果重返现场，我会不会做出改变？我不可能不希望改变，可我真能如愿吗？行为只不过是一种反射，是当时"整个我"的反射，而我能改变那时的"整个我"吗？就如那时的我是寒冬里一条冰冻三尺的河流，我能让寒冬变成春天，把自己这条冰川变成流水吗？

九、落满鲜花的小径

在给维佳怡的那封情书中，我只是表达了爱慕之情，并未提出现在就要追求她。

送完信后，我一直处于甜蜜的忐忑中。晚上熄灯前，我拨通了早就查好的维佳怡宿舍的电话，询问她是否看过信，有什么感受。她的回答中有这么几句："你写这封信，只是为了宣泄一下郁积的感情，不然的话，你憋在心里太难受，这样写出来心情就舒畅了……我觉得，我们之间不可能成为男女朋友，不过，我们可以成为普通朋友。为什么非要做男女朋友呢？普通朋友也很好啊。"

我极力否认自己是为了宣泄才向她表白的，绝不是抱着游戏态度，而是十分真诚的。与此同时，我也不得不承认一点，维佳怡的话让我发现了自己藏在潜意识里的一个真实想法：虽然如此倾心维佳怡，可如果现在就可以和她成为恋人的话，恐怕我也不敢接受，甚至还有点担心它马上就会实现。原因很简单，自己还是一个穷学生，没有谈恋爱的经济基础。我骨子里有一种观念："贫穷家庭出身的学生没有资格在求学期间谈恋爱，唯一该做的就是好好学习。"

尽管怀有这样的心理准备，当维佳怡说出"我们之间不可能"这句话后，我仍然感到无比失落和沮丧，仿佛一下子跌进了悲伤的深渊。

那天夜里，我躺在床上默默地流着眼泪，久久无法入睡，直到深夜才迷迷糊糊地睡着，而且睡得极浅，脑袋里充斥着各种声音，有风的呼啸声，有雨水的噼啪声……

我平时习惯晚睡晚起，每天都要七点多才起床，第二天清晨却不到五点就醒了，室友们仍在熟睡，我不再有丝毫困意，便起身下楼。昨夜下过雨，地面潮湿，有的地方积着一小片水洼，闪着微弱的光。我怀着十分伤感的心情，穿过空荡荡的校园。整个校园沉浸于寂静无声之中，仿佛被睡梦笼罩，又仿佛淹没在清澈透明的水底。所过之处，都是空无一人，楼房、树木、花草似乎都尚未醒来，只有鸟儿此起彼伏的鸣啾声。

一拐进那条玉兰树百米小道，我不禁被眼前的情景惊了一下：原本灰黑色的柏油路上铺满了一层洁白的玉兰花瓣，犹如一条鲜花地毯。那些大片大片的花瓣显然是昨天夜里刚刚凋零的，看上去仍然鲜艳饱满，纯洁无瑕。路两旁的树枝上仅剩星星点点的花朵静静地矗立着，间或有一两朵花瓣如粉色蝴蝶般无声无息地飘落，落地时发出极其轻微的"啪"的声响，仿佛一声叹息。整条小路芳香扑鼻，空寂无人。如果是平时，我肯定会驻足仔细观赏，让自己沉醉于这个可遇不可求的美奂绝伦的场景，但我没有心情那么做，只是满怀忧伤不疾不徐地按照刚才的步伐，毫无怜惜地踏着那些刚刚凋零依然鲜挺的洁白花瓣，像一只没有任何审美和情感的动物般，慢慢走过那条鲜花小径，既没有为玉兰花的过早凋零感到惋惜，也没有为这条天然的鲜花地毯发出一声赞叹，就那么心怀无限伤感地走过去。近二十年过去了，那个情形至今仍清晰地刻在我眼前，仿佛昨天早晨刚刚那么走过。

我喜欢玉兰花这个名字流露出的纯洁气息，喜欢她那雪白的颜色，喜欢她在料峭的春寒中一马当先、无所畏惧地绽放出一树繁花，喜欢她不久便在最灿烂的时候整朵整朵地凋零：那种不贪生的气魄，那种不畏死的决绝，那种无声的悲壮和凄美，让我为之赞叹为之迷恋。我大一时曾以"玉兰花开时"为题写过一篇六七千字的小说，后来连同另一篇小说打印出来送给了维佳怡。

一条铺满洁白鲜嫩的玉兰花瓣的百米小路，我以前从未见过，此后也再未遇到。后来每次回想起那幕情景，心中都不无惊叹。我当然知道，那只是一种巧合，恰好在我失恋的时候遇见那个落英缤纷的凄美景象，有时却又不无自恋地猜想，也许那是上帝为一个失恋的年轻人准备的一种安慰和补偿吧。

那天晚上，柳东坡的一番分析冲淡了我的悲伤。他说早就料到维佳怡会百分之九十地表示拒绝："想想吧，你之前连一句话都没和她说过，别说熟悉你了，她很可能还不认识你呢。你说，她怎么可能这么冒昧地接受一个陌生人的表白？如果这么容易就答应和你好，那岂不说明她太轻率了？我看，她拒绝你十有八九是出于女孩的害羞。她不是说你们可以做普通朋友吗？这说明她还是愿意和你来往的，至少没有完全拒绝，只要利用普通朋友关系交往一段时间，等她对你熟悉了，充分认识到你的优点，对你产生了好感，后面就会水到渠成的。"

柳东坡这番话又燃起了我的信心。给我带来信心的，除了柳东坡的分析，还有我自己的直觉。自从一年前开始主动接近维佳怡以来，我几乎天天和她在同一个教室学习，少说也得见过她几百次，即使她没有刻意注意我，也应该多少有些印象。再说，已有多次与维佳怡擦肩而过时，我都鼓足勇气大胆地注视她，她也不止一次将那双认真的目光投向我，尽管那可能只是她意识到有个男生在凝视自己而条件反射般作出的回应。她看我时的目光像水晶一样纯净，同时那股纯净里流动着难以言说的与生俱来的温柔。因此，我断定维佳怡其实对我有些印象而且不无好感。这不是我一个人的武断：一次，我和柳东坡、王海澜在校园里遇见维佳怡时，他俩从我身后注意到维佳怡注视我时的眼神后，胸有成竹地向我肯定这种猜测的正确性。正是基于这样的判断，我给维佳怡送情书之前，甚至还为自己从未与她交谈过这个事实找了个自我安慰的理由，我俨然一副哲学家的神态，颇为自豪、故作深沉地对柳东坡们说："我向来认为，真正的爱情是双方心灵和精神的自然交融。语言固然能够传达心灵的悸动，但用眼睛、用心去感受对方的深情，能够更强烈更深刻地体会到爱情的真谛。对真爱而言，语言不是必需的，一抹眼神已足矣。心是品尝真爱的最好工具。"他们听了当然是哈哈大笑。

正因如此，当维佳怡在电话里说她不认识我时，我不相信这是她的真心话。我想她恐怕是看到我在信中表明家境清寒才这么说的。很快，自卑和配不上她的念头再次占领了大脑的制高点，我开始无情地鞭挞自己的自作多情和不自量力。

维佳怡说我们可以做普通朋友，我认为这只是她善意的托词，不敢妄想去和她交往，也不敢像往常一样去8号楼找寻她。我打算不再与她见面，以此来铲除对她的思念和不切实际的幻想。可想而知，这么做无异于扬汤止沸。我希望釜底抽薪，却不知道"薪"在哪里，即使知道，也不懂得如何去"抽"。

送情书后的一周里，我控制自己不去见维佳怡的努力可以说是成功的。除了不得已偶尔去8号楼上课之外，再也没有主动去那里自习，也没再见到她。

不久，我在校园里偶然遇见她，看到她的一刹那，猛烈的心跳和强劲的幸福感又一次冲垮了我的防线。那天，我给维佳怡打电话，说我今天在路上无意间看见她了，问她有没有注意到我。

维佳怡说："我有点近视，平时不喜欢戴眼镜，我以前真的不认识你。只在送信那晚见过你一面，只有几分钟，光线也比较暗，我没怎么看清你，现在已经对你没有什么印象了。即使在路上见到你，也认不出你。你今天既然在路上看见我了，为什么不跟我打招呼呢？"

她主动要求我跟她打招呼！我不禁从心底涌出一股强烈的幸福感，握着电话的手竟然有些发抖。我实话实说道："不好意思跟你说话，也不敢。"

"这有什么不好意思不敢的？"维佳怡笑道，"下次遇到我时，记得招呼我一声啊，好让我看看你的庐山真面目，我到现在还想不起你究竟长什么样子呢。"

可以想见她这番话对我起到了什么效果：触目所及皆是美景，触耳所闻皆是佳音，心底如同一座荷塘，千百朵莲花竞相探出水面，绽放于天地之间。然而，即便受到如此鼓励，我后来又碰见过她几次，却仍然没能鼓起勇气跟她说话。

十、我的未来不是梦

跟维佳怡恢复联系后，每天吃过晚饭回住处看书之前，我总是先在住处附近的田间小路散步半小时。双手揣进裤兜，慢慢踱着步，一边想着维佳怡，一边自然而然地吹起口哨，旋律是我那些年最喜欢的由叶丽仪演唱的《上海滩》主题曲："浪奔浪流，万里滔滔江水永不休，淘尽了世间事……爱你恨你问君知否，似大江一发不收，转千弯转千滩，亦未平复此中争斗，又有喜又有愁，就算分不清欢笑悲忧，仍愿翻百千浪，在我心中起伏够……"每次哼唱这段旋律，心间都如河面起雾般弥漫起一层复杂的情愫，那种情愫既令人伤感，又令人迷醉，仿佛将万般无奈、思恋与柔情都化作一池冰凉又甘甜的清水，在胸肋间不停地涌动起伏。

那年春天，我去昌平找维佳怡时，曾送给她一束红玫瑰，她开开心心地接受了。那给了我很大鼓舞。

为了早日拥有能给维佳怡带来幸福并娶她为妻的资本，有一段时间，我每天都在琢磨如何才能像菲茨杰拉德笔下的盖茨比那样迅速挣到一大笔钱。由于刚进入社会，对其他行业不熟悉，又缺少特殊的经商头脑以及经验、门路、资源、人脉等，一切都是空想。幻想只能抛弃，只能集腋成裘慢慢来。我所能想到的最可靠的赚钱途径也都跟文字有关。我开始不请自来地主动为一些著名公司策划广告点子，然后发到它们的客服邮箱，当然，结果都是泥牛入海。后来，我接受了另一家图书公司的业余组稿任务。有时候周末在公司加班干私活，直到半夜十二点才离开。公司在西三环紫竹桥附近，住处在西四环与西五环之间的一个小村庄。我骑着自行车奋力冲上高高拱起的车道沟桥，到达最高点后便不再蹬踏，任其顺坡飞速而下，夏夜的凉风呼啸着拂过我的脸庞，掠过我的耳际，穿过我的头发。白衬衫也被灌得鼓胀胀的。一盏盏明晃晃的路灯被接连超越，路面上的车影与身影有规律地变换着长与短，明与暗……过桥之后是一片空旷地带，没有居民楼，等下坡的惯性快消失时，那个小伙子便继续猛蹬踏板，同时敞开喉咙大声唱起张雨生演唱的《我的未来不是梦》：

"你是不是像我在太阳下低头，流着汗水默默辛苦地工作；你是不是像我就算受了冷漠，也不放弃自己想要的生活；你是不是像我整天忙着追求，追求一种意想不到的温柔……"想到自己在为未来打拼，在为爱情努力，在为赢得维佳怡的爱情而工作到深夜，我感到由衷的开心和欣慰。

"你是不是像我曾经茫然失措，一次一次徘徊在十字街头，因为我不在乎别人怎么说，我从来没有忘记我对自己的承诺，对爱的执着，我知道我的未来不是梦，我认真地过每一分钟，我的未来不是梦，我的心跟着希望在动……"想到前方有爱情在等我，有维佳怡在等我，我心里仿佛升起了一面饱满的风帆，将我带向那无尽又明媚的远方。

那是意气飞扬、满怀希望的黄金时代，却也是希望与迷茫并存、自信与卑怯缠斗的动荡年华……

十一、到那时候，你就不会这么想了

后来回想跟维佳怡的那段情感时，我知道自己从一开始就为之设定了程序和结局，时而提醒自己：你和维佳怡是两条轨道上的行星，你们之间即使有短暂的并行，恐怕最终也会分开，你的一切所作所为只不过是尽量延长陪伴她的时间而已。

给维佳怡送出第一封情书后，我给她打电话时，她几次鼓励我见到她时打声招呼，我却迟迟没有鼓起勇气。后来，我发现自己的半生都"迟迟没有鼓起勇气"，这是多么可悲的发现。

一天傍晚，我正在校园里一边想心事，一边漫无目的地游荡，抬起头来茫然四顾时，忽然瞥见前面不远处有两个女生在慢慢走着。天色已开始暗淡，我依然一眼就从背影认出其中一人是维佳怡。我顿时精神为之一振。

维佳怡穿着一件及膝的红色风衣，在薄纱似的夜幕下如一团火，仿佛要将这茫茫暮色点燃。我的心也被这团火烤炙得狂跳不已，不由自主地跟了上去。我装出一副散步时的悠闲样子，同时又保持着小猫似的警觉，小心翼翼地与她们拉开三四十米的距离。我渴望与她交谈，却又担心被她发现，此时的勇气还不足以追上去在大庭广众之下与她面对面，虽然当时路上只有寥寥几人。

与维佳怡同行的女生似乎无意间向后扭头扫视了一眼。

我吓了一跳，赶紧停住脚步，向后转过身去，装作等人的样子。

待我再次转过身来，已不见她们的踪影。前面是个丁字路口，我快步跑过去，在路口左右张望。左手那条小路顺着缓和的山势蜿蜒而上，曲曲折折地通往一片湖水和小公园；右手那条路平坦、笔直，不远处就是图书馆，绕过图书馆则是学校大门，门外那条街商铺林立，每当夜晚来临华灯初上时便热闹起来。

我向左侧跑去，站在地势较高的地方，瞪大眼睛探照灯般巡视着被暮色笼罩的小公园，没有发现她那火红的身影。"也许她们去校外了。"这样想着，我撒腿奔向校门。

红红绿绿的霓虹灯欢快地闪烁变幻。那时，我还从未迈进过肯德基、麦当劳之类快餐店的大门，更没光顾过卡拉OK、电影院等娱乐场所。我在行人如织的街道上寻找了好一会儿，没发现维佳怡的身影，便打算放弃。

就在我不无怅然地转过身时，惊喜地发现前面不远处，维佳怡正走出明亮的肯德基玻璃门。我心里又不可避免地挣扎起来，做了几次深呼吸，终于镇静下来，然后把心一横走上前去。

电影或小说里的主人公装作与心上人偶遇时，总是表现出一副或惊讶或坦然或风趣幽默的神情，而我走到维佳怡面前时却并未组织好语言，完全不知说什么好，只是傻头傻脑地说出这么一句："你在这儿啊？"

路灯正好照在维佳怡的脸上，她一时没认出我，一两秒钟后笑道："哦，是你啊。"

我不好意思地用手挠了下头发，问道："你在等人？"

"是的，李静去买东西了，我在这儿等她。你呢，你干什么去？"原来，经常和她在一起的那位女同学叫李静。

"噢，我……我没什么事，正闲逛呢，没想到碰见你了。"

维佳怡莞尔一笑，没有说什么。

我仿佛有什么小心思被人识破了，腼腆地笑了，两手握在一起来回搓着。

"你们平时课多吗？"我没话找话地说道。

"还好吧，不是很多。"

我们随意聊了几句，无非是学习、专业、学校等无关紧要的内容。不久，李静回来了。

"你还有什么事吗？没事我就走了啊。"维佳怡问道。

"没，没什么事了，再见。"我想挽留，又不知说什么好，支支吾吾着稍微抬起右手摆了摆。

"拜拜。"维佳怡微笑着点了点头，和李静一起走了。

我呆呆地看着她们远去的背影，懊恼地拍了拍脑袋，心里骂自己太笨。也许是不甘心的缘故，我又鬼使神差地跟在她们身后，心想："多看她几眼也好啊。"

我见她们进了图书馆，便在离图书馆五六十米的一棵粗大的柳树下站定，犹豫着要不要也跟进去。

一轮橘黄色的弯月浮现于天空，周围闪着几颗明星，在宝石蓝的夜幕上显得格外清丽。婆娑的柳条随风轻轻摇摆，时而拂过我的脸庞，我下意识地用手拨弄着枝条，眼睛专注地盯着图书馆大门。

我正要下决心走进图书馆时，维佳怡和李静走了出来。"绝不能再错过这次机会了！"我鼓起勇气，几乎没有犹豫就径直走了过去。

听到有人叫自己，维佳怡扭过头来，待看清仍然是我之后，嫣然一笑。

"不好意思，我还有话没说。你如果有时间的话，我想再和你聊一会儿。"

她笑了："你刚才怎么不说呢？"

路灯原本比较昏暗，但在维佳怡笑容的映照下，似乎明亮了很多，连她头顶上的月亮也仿佛增添了一层光辉。

"刚才有点儿紧张，没敢说。"我的双手不知该如何处置自己，时而伸进衣兜，时而又掏出来。

维佳怡和李静都咯咯笑起来。维佳怡看向李静，李静冲她笑道："去吧。"然后对我说道，"好好照顾她哦。"

"去吧你。"维佳怡面带喜色地轻轻推了一下李静的胳膊。

李静那句"好好照顾她哦"在我听来如同天籁，这并不是说她的声音异常美妙，而是那句话本身让我感觉到一种不同寻常的意味：维佳怡最好的朋友让我"好好照顾她"，这难道不令人振奋吗？即使不像自己所想的那样乐观，至少说明李静支持维佳怡与我交往。我对那句话的感受和印象是如此欣喜和深刻，以至很多年后还记忆犹新，一想起来就对李静充满感激之情。

维佳怡和我并肩向秋水湖走去。起初，我几乎没说话。

"怎么不说话呢？"

"人多，有点儿不好意思。"其实，路上的行人并不多，可以说寥寥无几。

"这有什么不好意思的？再说了，谁认识你呀？即使认识又有什么关系？"维佳怡微笑着说道。

经她这么一鼓励，我渐渐有了勇气，开始聊起来，其实也没聊什么重要的东西，无非是与学习、专业等有关的零碎内容。

我和维佳怡聊了几分钟，就没什么话可说了，我们并肩绕着小湖安静地走着。我心里依然怦怦直跳，本无暇欣赏周围的风景，可还是被这片月色所浸染，尤其是在后来的回忆中，那晚的夜色别有一番情致。

湖水笼罩在一片静谧、清幽中，只有溪水发出轻轻的潺潺声，偶尔听见树林中传来几个人的说话声和脚步声。挂在天空的半弯明月如一面狭长的铜镜，映在湖中的倒影则摇曳成了一片碎金，使得湖水变成了一袭被风吹皱的闪亮锦缎。岸边的树林和山坡则在水中投下幽暗的影子。

"还有话要说吗？我现在回去吧？"维佳怡忽然问道。

我这才发现，不知不觉中，我们已绕着小湖转了一圈多，来到了女生宿舍楼下。刚才应该放慢脚步的，怎么走这么快呢！我暗暗自责道。

"这么早就走呀？你回去有事吗？"

"也没什么要紧事。"

"那就再走一圈吧。"我带着请求的语气说道。

"好吧，只有一圈哦。"

"行！"我平时走路一向都风风火火，不习惯慢走，现在试图放慢脚步，却觉得很别扭，感觉速度还是有点儿快。

走到一座横跨小溪的白石桥时，我故意停下来装作看风景。溪水沿着狭窄的小山谷顺势而下，在陡峭处形成一道两米多高的瀑布，然后穿过桥洞，源源不断地流进小湖。据说，几年前这条小溪有两三米宽，这片湖水也比较广阔，而今小溪只有窄窄的一条，大部分河床都是干燥的，湖面也小了很多。

"我写给你的那封信，你有什么感受啊？"沉默片刻，我鼓起勇气提出这个早已问过的问题。

"不是已经告诉了你吗？"维佳怡笑了，头微微一歪，"不过——怎么说呢？我觉得你跟咱学校里的其他男生不一样。"

"怎么不一样？"我心里一阵欣喜。

"具体也说不清楚，就是感觉你挺有责任心挺真诚的，文质彬彬的，一身书卷气，不像别的男生那样粗俗油滑，玩世不恭。反正就是觉得你跟别人不同。"

被暗恋对象夸奖是一种什么滋味？忽如一夜春风来，千树万树梨花开。看来我之前的直觉是有道理的，她对我是有好感的。

"当然，你也有缺点。"维佳怡又补充道。

"什么缺点？"我顿时紧张起来，"我一定改！"

"也不算多大的缺点，就是你太腼腆了。我想起来了，以前见过你几次，对你有点印象，不过感觉你在公开场合举止神态不大自然，有些放不开。可能是你太在意别人的看法了吧。其实，没必要有这种心态。做好自己就行了，没必要太在乎别人的看法。"

"是，我也注意到了，我一直在改正。"

之所以腼腆、举止不自然，都是因为不自信。每当我难以抑制住自己，被一股强烈的情感牵引着去 8 号楼寻找维佳怡时，总是伴着一种难以言明的或明或暗的痛楚。我有点儿恨自己，明知家境不允许自己在上学期间谈恋爱，却还是不由自主地往里陷，我时常产生负罪感，感觉对不起为了供我上学而含辛茹苦的亲人。想到这，我说道：

"其实，我在信里也提到了，我给你写那封信，只是表明自己的情感，并没有抱着能够如愿以偿的奢望，因为我知道自己现在不适合谈恋爱，不具备那样的条件。但自从遇见你以后，我就几乎控制不住自己，一天看不见你，就特别难熬，无论如何也没法静下心来学习。可是一见到你，我在欢欣、幸福的同时，又会产生一种很复杂的情绪，具体是什么我也说不清，反正不是单纯的高兴，也不是单纯的忧伤，既有失落感，又有无望感。我总有一种感觉，觉得你特别高特别远，就像天上的月亮那样遥不可及。我明明知道自己不可能在求学期间谈恋爱，可还是给你写了那封信。我想如果不写的话，我可能会后悔一辈子。我向你表白的目的就是，先向你打声招呼，让你知道有个人对你是真心的。希望你以后选择终身伴侣时，能够把他当作考虑对象。"

在发表这番独白期间，我大部分时间望着水中那片摇晃不止的月光，只敢偶尔看一眼维佳怡，我用眼睛的余光注意到，她也一直望着那片湖水，而且始终面带微笑。

良久，我们谁也没说一个字，静默地站在寂静里。月光所落之处，如同镀了一层水银。溪水的流动声更加清晰，公园里也愈加空寂。

维佳怡打破了沉默：

"我爸爸曾对我说过，爱情不能太看重物质，否则就很难幸福。我姑妈家的表姐和他男朋友谈了五六年的恋爱，最后快结婚时，由于嫌男朋友没有房子，在别人说三道四的情况下，表姐打算和他分手。我爸爸知道后劝阻了她，说只要两人一条心，物质困难是暂时的，找对象关键要看人品。他们结婚后共同努力，不到一年就买了房子。现在他们过得挺幸福的。我表姐为此很感激我爸爸。"

我心里满是感激和喜悦，却什么也没说。

她这番话对我而言无异于寒冬里的一团火，燃烧着希望之光。我看出她对我不仅没有反感，甚至还有不少好感，但即便如此，即便她毫不在乎我的家境，我们就可能在一起吗？我们之间的差距那么大，很可能刚走在一起，各种冲突和矛盾就会接二连三地冒出来。不错，她是说"爱情不能太在乎物质"，可是别忘了有个"太"字，并非不在乎物质，而是不能太在乎。没有物质基础的爱情能持续多久？正如没有养料的玫瑰花能绽放多久？我现在应该努力学习，等以后打下坚实的基础再去追求她。可是万一那时她已经有了男朋友，甚至已经结婚了呢？那时我该怎么办？可我现在又有什么办法？！我现在不敢奢望什么，唯有祈祷她那时仍然单身……

一阵沉默过后，我说道："等我以后有了成就，我一定会去找你的。"

"你虽然现在是这种想法，但到了那时候，可能就不会这么想了。"

"不会的！我了解自己，我知道自己不会轻易改变的。"

维佳怡微微一笑，没有说什么。

我们没再说话，兀自静默地离开了小湖。

此次交谈对我来说属于意外，我从没奢望过有一天会抓住与维佳怡偶遇的机会，当面向她倾诉那些郁积在心底的话语。这次突如其来的"约会"如一股清泉，将我心头的各个角落都冲洗了一遍，让人感觉天地间弥漫已久的阴霾消散殆尽，生出一种前所未有的清新感和如释重负感：一年多来，我对维佳怡的那份情愫，就像一片潮湿、绵密的青苔长满了心间的每一寸土地，又像一块沉重的巨石压在心头。

走到女生宿舍楼下时，我再次信誓旦旦地对她重申："等我以后取得了成就，我一定会去找你的！一定会的！"

维佳怡什么也没说，依旧只是微微一笑。

临分手时，她似乎不经意地说道："对了，你上次那封信，我宿舍的同学都抢着看。你写得很好，我还想看。"

维佳怡那句话是一个多么明确的信号，可我那时太幼稚太怯懦，被她此前在电话里的"拒绝"击昏了头，愚蠢地以为她既然已经拒绝了，我还能再写什么呢？其实那次被拒后，我还写过第二封信，里面充满了怨气，其中有这样的句子："你只看到当前的这粒种子很粗鄙，却不相信他终有一天会长成参天大树。"由于怕她看了生气，一直没给她。因此，当她说还想看后面的信时，我只是微笑着点了点头，没有说什么。我后来还为她写过一些诗文，也都没有送给她。到北京跟她重新恢复联系后，我陆续在博客上发过一些诗歌，虽未注明是写给她的，不过只要她认真看过就会知道那是为她而写，因为里面半隐半藏着只有我们两人才知道的细节秘密。她后来果然看到了，说喜欢看我的博客，鼓励我有空继续写。

十二、你的心思我还不知道吗？

上学时和刚毕业那几年，我喜欢在节假日约几个好友去爬山。当我们踏着有力的步伐，昂着头颅在满目葱茏的山脊上畅想未来时，人生就如远方绵延千里的群山云海，壮美，神秘而遥远。后来，当生活压得我身心俱疲，又总是想起坐在高速列车上与迎面迅疾驶来的车辆相遇时的情景，那多像我们回望中的人生，初看漫长，再看极短，尚不及定睛打量，刹那间已裹挟着一道白光一闪而过。这种感触，尤其当你在"等待"中虚度多年后更加强烈。

到北京后第二年深秋的一个傍晚，维佳怡主动给我打电话，问我周末是否有空。破天荒接到她的电话，我兴奋异常。由于住处在西郊机场附近，信号不好，我便挂掉电话，一阵风似的跑到大马路边的小树林里给她重新拨过去。那是我跟她通话时间最久的一次，长达一个小时。一来因为心情太激动，二来天气寒凉而我只穿着一件短袖，身体禁不住一直瑟瑟发抖，便将右手环过胸前紧紧抱住举着手机的胳膊肘，就这样不自觉地始终保持着这个姿势，直到挂掉电话才发觉两只胳膊已经僵硬，稍微一动就疼，过了几分钟才缓过来。我是那样激动，那样兴奋，仿佛已经得到了维佳怡的心。我再次向她表达了自始至终未曾改变而且日益强烈的爱恋与思念。我的倾诉是如此汹涌，如江河般澎湃直下，仿佛再不诉说，堤坝就会垮塌。从上学时最初遇见她说起，将我们之间那两年经历的种种波折，以及我在每个阶段的感受和始终不渝之情，通通诉说一空。

临了，我说道："我跟你说这些，绝没有束缚你的意思，你有选择幸福的自由，我只是希望那幸福能跟我有关，是我带给你的，只是希望你能给我两年时间，到时候能把我作为选择对象之一。"这句话跟当初在第一封情书中所表达过的差不多，只不过又重申了一遍。

整个过程，几乎都是我在滔滔不绝，她则一直在安静地倾听，时不时简单回应几句，可以听得出她也满心欢喜，最后她笑着说道："好了，别这么激动了，你的心思我还不知道吗？你表白又不是一次两次了。"

可是，我所有的表白都是徒劳的，不是因为遭到了维佳怡的拒绝，而是我一直停留在表白阶段，我一直在等待，等待自己能够配得上拥有如此美丽爱人的那一天。我那时还不懂得，有些时候，等待是必须的；有些时候，等待则是一种空耗，是"失去"的另一种形式。

十三、相信你以后会越来越好

当初在学校里刚开始关注维佳怡时就发现，她独自走在校园时，仿佛一只白天鹅，眼神和表情中时常流露着一种高傲。不错，在不了解维佳怡的人看来确实如此，不过这只是她的一种表象。或许是有很多男生给她写情书的缘故，为了摆脱由此带来的过多麻烦和纠缠，她就故意在公开场合流露出一种拒人千里的神情。实际上她性格温柔、沉静，为人和善，对朋友热情大方，端庄得体。随着频繁的接触，我发现她拥有更多优点。正因如此，我才明知现在的自己配不上她，明知肩上的担子不容我去追求风花雪月的浪漫，但还是被一股强大的引力吸附着，难以自制地一步步走近她。

自从那次一起在湖边散步后，我真正放下了当前就追求维佳怡的奢望，抱着结交一个深爱又不敢爱只能当作普通又特殊的异性知己的念头，这样一来，胆怯也随之消失。一周后，我鼓起勇气约她一起打乒乓球，没想到她几乎没怎么犹豫就答应了。

我早就知道她喜欢打乒乓球，技术也不错。之前有无数次，每当傍晚她在8号楼西侧的乒乓球场打球时，我就站在楼道尽头，透过蓝紫色的玻璃窗，幸福而专注地望着她——由于这种玻璃的透光特性，我不用担心站在楼道里的自己会被外面的她注意到。最初发现维佳怡的这一喜好时，我就想到可以用"乒乓外交"为自己的爱情架起一座桥梁。

我很重视那次"乒乓外交"，不仅几天前就多次练习，还穿上了特意新买的一条休闲裤，当然也没忘把"羽毛"仔细梳洗一番。不知是休闲裤稍嫌瘦窄的缘故，还是过于紧张，我起初的表现实在不敢令人恭维，远没有发挥出正常水准。我不停地做深呼吸，劝自己不要紧张，越是如此，动作举止越别扭，仿佛手脚被无形的绳子束缚住一样。刚打了十几个来回，额头上就渗出一粒粒细小的汗珠。

维佳怡看出了我的窘态，微笑着劝我放松。不久，她聊起自己小时候的趣事，我这才渐渐平静下来。

不知不觉夜幕已降临，我打算请维佳怡吃饭，却忽然想起事先没做这方面的准备，兜里几乎没有什么钱，饭卡里的余额也所剩无几了，便没提吃饭一事。

等到我请她吃饭，已是一个月之后。那次主要是为了向她讲述我的家境，坦诚告知我的过去和现在，让她对我有个真实的了解，而不是只向她展示优点，隐藏缺陷。我从一开始就不想对她隐瞒什么。那是第一次也是求学期间唯一一次请维佳怡吃饭。多年后，我曾几次对几个朋友谈起此事，让他们猜我第一次请初恋吃饭花了多少钱。他们有的说一百，有的说五十，有的说三百，有的说五百。"五块钱。""什么？五块钱？"他们觉得不可思议。没错，一共花了五块钱，请客地点是学校食堂在大锅菜之外新开辟的小炒区：一盘油炸花生米，一盘红烧茄子，两份米饭，两小碗蛋花汤。她吃得不多，主要在听我讲述往事。其间有几次，我还不禁纳闷:她吃得这么少，能吃饱吗？难道女孩子都吃得很少吗？她回宿舍后会不会吃零食？以往，偶尔提起那些童年遭遇时我每每禁不住落泪，那天却始终克制着，讲到伤心处便停下来，等眼中的泪花消失后再继续讲。她一直在安静地倾听，保持着微笑，时而点点头，时而接一两句，最后安慰我道："你这次没有落泪，说明你现在坚强了。好在，那些都已经过去了，人要往前看，别给自己太大压力，相信你以后会越来越好的。"

此后，我的心理负担大大减轻，开始更加自然地和维佳怡来往，每周找机会陪她打一两次乒乓球。为了更加专心学习，我每天下午都去8号楼402室见她一面（我发现，给她送情书后不久，她就把 402 室当作了固定自习室），简单聊几句，然后回到自己的自习室。哪天不这样做，心里就空荡荡的。即使不跟她说话，只是默默地在她身边待几分钟，我就心满意足了，精神如饱满的风帆一般。

十四、一种幸福

　　第一次给维佳怡买生日礼物让我体会到给予的幸福，尤其是为心爱之人倾囊而出所带来的幸福。

　　我提前一个多月就开始考虑送什么更好，同事兼好友倪志远和他青梅竹马的女友卢晓晨说送点小礼物就行。我则想，上学时没钱给维佳怡送比较贵重的物品，甚至唯一一次请她吃饭才花了五块钱，如今已经工作，应该送一件能在某种程度上代表我心意分量的礼物。当时，任职的那家民营图书公司陷入了困境，已拖欠我三四个月的近万元工资，由于在公司署名编著的第一本书迟迟未能出版，担心辞职后署名权被剥夺，我不得不坚持着。虽然手头只有一千多元存款，我决定尽最大限度，给她买一条黄金项链。倪志远和卢晓晨都说太贵重了："你现在又没有多少钱，不该用所有的积蓄买这么贵的东西，如果你们最后成不了，岂不损失太大了？"我则认为无论最终能否追到维佳怡，尽最大努力送她一件可以代表我真实心意的礼物，都是值得的。于是，我提前一周，在周末骑着自行车专门去刚开业不久的号称当时亚洲最大的购物广场金源时代购物中心的一家珠宝店花一千多元买了一条18K白金项链，我本想再搭配一个吊坠，可惜手头扣除未来一两个月的房租和基本生活费后，实在没有更多的余钱，只得作罢。

此后很久，我都沉浸在喜悦之中，深深地体会到：能为心爱的人倾尽所有，这本身是一件多么美好多么幸福的事情。

为了给维佳怡一个惊喜，我没说要送她生日礼物，只约定生日那天下午去找她，请她吃晚饭。

那天，我拎着一大包零食，里面盛满了巧克力、牛肉干、葡萄干、薯片、蛋黄派、瓜子等，快到她住处时将项链盒从单肩包里取出来埋进那堆零食当中。

我将那一大包零食放在客厅的茶几上，我们都没有去碰那个满满当当的塑料袋，她只是坐在沙发上看了看，笑着说她吃不了那么多，让我回去的时候带走一些。那怎么可能，我说。那天的我，颇有意气风发之感：头发四六分，喷了定型啫喱水，咖啡色西装，黑色椭圆形尖头皮鞋，最为抢眼的是一件及膝的黑色呢绒大衣，自我感觉甚好，觉得玉树临风可比《上海滩》里的周润发，风流倜傥不输小乔初嫁的周公瑾，只是我从未好意思告诉维佳怡，那件呢绒大衣是在动物园服装批发市场趁着即将下班时跟女店主极力砍价只花 150 元淘到的物美价廉之"无印良品"。

吃完饭送她回到住处后，我故意多待了半小时，最后才说今天太晚了可能没有回去的公交车了，希望留下来住在她那间闲置的七八平方米的次卧。那是她新租的房子，两室一厅，她睡在主卧。恐怕她没料到我居然有胆量提出这个要求，一直笑着拒绝，不允许我留宿，说现在还有末班车，我现在出发还能赶得上，如果赶不上就再说。我要求留宿绝没有非分之想，只想着像个君子那样跟她在同一座屋檐下的不同房间里住一晚而已。她的笑容灿若桃花，可态度又似乎蛮坚决。

我见坚持无果，只好离开。在走向公交站的路上，正沮丧之际，她打来电话，开口就说："你怎么买这么贵重的礼物啊？！"

也许是因为刚才心理落差太大的缘故，我不禁有些动情，说道："不算贵重，跟我对你的爱比起来，这不算什么。我愿意把我所有的一切都给你，只可惜我现在还没有什么钱。可能以后我再也不会像这样倾尽所有地给别人送礼物了。"

尽管有些失落，但给维佳怡送项链一事还是让我感到由衷地幸福。我至今仍认为那是我对维佳怡做过的最美好的几件事之一。

可是，送项链时的心情有多甜蜜，一个多月后我的心情就有多苦涩。

十五、一团火

追求维佳怡的那几年，我从未跟她建立恋爱关系，却从上学期间就开始因为她而多次体验过失恋的灼烤。

"乒乓外交"使得我迈出了与维佳怡正式交往的第一步，却只维持在普通异性好友这层关系，不敢进一步深入。

跟其他男生一样，我也有一个习惯——每当午饭或晚饭时分，便趴在宿舍窗前，看楼下来来往往去热水房打水的女生们。

那所学校的设施比较落后，宿舍楼和教学楼内都没有提供热水的设备，只在校内建了几座热水房。我所在的 6 号宿舍楼与维佳怡所在的 5 号宿舍楼，共用一座热水房。5 号楼的女生们去打热水时，6 号楼是必经之地，很多男生养成了趴在窗前欣赏女生倩影的嗜好。每到中午打水高峰期，6 号楼的很多窗户前便会出现几个黑乎乎的脑袋，俯视着楼下那条俨然成为 T 形模特台的小柏油路。

患单相思的男生有个共同点，搜寻和注视的焦点往往是在心中占据特殊地位的某个特定女孩。通过长期观察，我注意到维佳怡几乎每天中午十二点半左右都去打水，时间准得就像太阳每到那时就会出现在头顶上空一样。

一天，我跟往常一样和室友站在窗前端着茶缸吃饭，同时扫视着楼下的小路。刚吃了几口，我的心猛地提了起来，不由得屏住呼吸，嘴巴也僵住了。

从小路的拐角处，维佳怡和一个中等个头的男生说笑着走来，她两手空空，男生手中提着她那只红色暖瓶。

那个男生似乎有点面熟，很快便想起来了。大约半年前，我在 8 号楼的一间教室里，看见这个男生在维佳怡前面的座位上转过身来，装作亲密好朋友的样子，嬉笑着要喝她那只淡绿色水杯中的水，结果被她恼怒地抢过了水杯——我对这件事的印象特别深。后来，我又几次见他坐在维佳怡身边，好像在一起学习，而她依然态度冷淡，像一位高傲的公主。此后，我就再没看见他和维佳怡在一起。不过，有几次我偶然碰见他和几个人在校园某处聚在一起，围成一个小圈子，好像在秘密商议什么事，路过的同学见了都有点心怀地绕开走，唯恐招惹到什么；还有一次，看见经常和他在一起的一个被唤作"大熊"的胖子和几个人在宿舍楼里追打一个小伙子，最后把那人堵在一个角落，对他拳打脚踢，那个挨打者蹲在墙角，缩成一团，双手扣在脑袋上，拼命护住头和脸。

难道这个男生成了维佳怡的男朋友？不会吧，我这半年来从未见他们交往过。可是……如果不是这样的话，他又怎么会帮她打水呢？而她不仅不拒绝反而显得很开心呢？

我知道追求维佳怡的男生肯定很多，而她一直都是和几个女同学同来同往，几乎从未单独和男生在一起，而现在她却是如此愉悦地和这个男生并肩而行，让他替自己打水，俨然一副情侣的样子。我每次看见维佳怡那副迷人的笑容都很幸福，此时的笑容并未有什么不同，却像一根针刺痛着我。

维佳怡和那个男生打完热水后又一起原路返回。良久，我仍然觉得心口拥堵，难以咽下嘴里的食物，勉强吃了几口就再也吃不进去了。

整个下午，我没有心情做任何事，上课或看书时也是什么都听不进去，看不进去。

那天晚饭后，我照例去找维佳怡聊天，几句常规的开场白之后，我猛不丁地脱口问道："今天中午和你一起打水的那个男生是谁啊？"

"嗯？"维佳怡愣了一下，明白过来后笑了，她说，那个男生跟她是老乡，在同一个系，叫贾作甄。他们以前并不认识，来到大学后在老乡会里结识的。在外地读书的老乡之间很容易建立起友谊，维佳怡也和贾作甄渐渐熟悉起来，成了比较好的朋友。维佳怡把他当成哥们儿似的男性朋友，以为他也只是把她当作一个好朋友而已。没想到，有一天贾作甄向她表白，希望她做他的女朋友。这令维佳怡非常反感，她从未想过要跟他谈恋爱。"难道男女之间就没有真正的友谊吗？我真是不明白。"于是，此后一年多的时间里她逐渐疏远了他，几乎没再跟他来往。前不久，他又开始以普通朋友的名义和她接触，她觉得这无关紧要，便没再拒绝。

维佳怡说完后，笑呵呵地望着我："你不会想偏了吧？我和他只是关系还不错的老乡而已。"

我像一个终于盼来梦寐以求之物的小孩子一样开心地说道："不会不会，不会想偏。"

谁知，维佳怡又轻轻笑着摆了摆手，说道："你看看，我跟你解释这些干什么呀？没必要解释嘛。"这话又使我感到一丝失落和迷惑。她为什么这么说呢？她是不是真的不在意我的感受？唉，算了吧，反正我现在也高攀不上。不过好在她和他现在只是普通朋友，只要她继续保持单身，我以后就有机会。只要有机会就好！

不久后的那个暑假快结束时，我特意绕道青岛去维佳怡家看她，在海边散步时第一次对她谈及毕业后打算去北京。

十六、一无所有

　　也许是因为送项链一事让维佳怡误以为我已经拥有不错的收入，一个月后再去找她时，她说打算在昌平郊区一个新楼盘买房，那里的房价每平方米还不到四千元，比昌平市区便宜很多，而且处于起步阶段，以后可能越涨越高。再往前几个月，我曾对她说自己正在为公司编著一本书，市场潜力不错，有可能热销，或许是那些话以及送项链一事让她对我产生了错觉。那天去饭馆的路上，她指着一处崭新的高楼，说这个小区差不多是昌平最好的楼盘，七八千元一平方米，我只是在心里默默感叹房价之昂贵，嘴上"哦"了一声，什么也没有说。再往前一年，我刚到北京时，中学时的同窗好友指着清华南门附近的一片楼房说："你猜这里的房价多少钱？""多少钱？""八千多！""啊？！这么贵啊！"我那时刚找到工作，试用期工资只有一千二，扣除房租和生活费，每月大概能剩三四百元，也就是两年的工资盈余还买不到一间厕所。一年后，五道口的房价已经涨了一倍多，十多年后，那里的房价已是每平方米十四五万元。

心爱的人要买房了，她并没有向我借钱的意思，可我多想在金钱方面助她一臂之力，哪怕完全送给她我也乐意，可是，我没有什么积蓄，我一无所有。在北京新结识的几个好朋友也都是刚工作一两年，有个朋友还向我借过几次生活费，大家都勉强在北京立足，即使有个别朋友有些积蓄，我也不好意思向对方开口借几千元钱，那时候几千元对我们来说已经算是一笔值得骄傲的小资产。于是，我不得不将公司陷入财务危机已拖欠一万多元工资这件令人难堪的遭遇告诉她，她说没关系，让我不用担心，父母会帮她交一部分首付。

不久，她在父母的支持下买了一套五十多平方米的一居室。维佳怡成了有房一族，我不仅没房，也没能在她买房的关键时刻给予资助，这不仅让我深感愧疚，而且因为比她更落后而愈加自惭形秽。

十七、并不沉默的羔羊

大三开学不久，事态在朝不好的方向发展。

一天中午准备去食堂时，我路过维佳怡经常去的那间自习室门口，顺便向里面扫了一眼，看见贾作甄和杨露露——维佳怡的同桌兼闺蜜——坐在第一排同一张书桌后面，两人并未交谈，只是平静地望着前方，一人拿着一只雪糕津津有味地吃着，教室里只有他和杨露露两人。不久，我发现贾作甄更加频繁地跟杨露露调换位置，大有跟维佳怡长期同桌自习的趋势。我问维佳怡怎么回事，她说贾作甄刚开始跟杨露露调换位置时，她阻止过多次，可他很有韧性，她也不好当众强行驱赶，时间一长，也就有些习惯了："我觉得这也没什么大不了的，就是同学同桌而已，我知道自己跟他是不可能的，也就是把他当作普通朋友。"

跟维佳怡聊天时得知她所在的电影文学社经常于周六晚上在一间小型阶梯教室放映原声电影，她说我如果感兴趣的话，等有放映安排时就提前通知我，我当然求之不得。每次看电影时，维佳怡都坐在前两排座位上，我跟她打声招呼后便走到后几排找座位坐下，电影结束后再跟她简单聊几句，然后告辞。那阵子，在她的通知下，我和她隔着几排座位"一起"看过《罗马假日》《花样年华》《西西里的美丽传说》《情书》《乱世佳人》《魂断蓝桥》《廊桥遗梦》《第一滴血》等几部影片。一次，她说下一期放映《卡萨布兰卡》，问我是否看过。那天，我到活动教室时，里面已有很多人，维佳怡坐在第一排，我发现贾作甄也坐在她旁边。由于那时她和他已经时常同桌自习，我心里虽然有点不是滋味，不过也没有太多波澜，我走到前面跟维佳怡打过招呼，冲贾作甄也点了点头，然后回到最后一排。在尽量集中精力看电影的过程中，我忍不住时而瞥一下维佳怡和贾作甄的背影。

当亨弗莱·鲍嘉满怀深情地目送英格丽·褒曼和她丈夫乘坐的飞机消失在空中不久，我也看着因电影结束而站起来的维佳怡和贾作甄，她转身朝我这边张望。我走上前，她问我对这部电影有什么感想，我说虽然电影是浪漫主义，但男主人公是个真正的男人，对恋人的爱是真爱。简单聊了几句后，由于她还要和伙伴们收拾放映工具，我便告辞回宿舍。那个晚上，我一边回味电影剧情，一边不自觉地将我们三人的关系跟《卡萨布兰卡》中的人物关系作比较。

起初，由于维佳怡几次对我说她和贾作甄只是普通朋友，我也便如温水煮青蛙般对他们的相处并未产生太多嫉妒。可是，渐渐地，这对普通朋友越走越近，一个多月后，维佳怡开始和贾作甄一块儿去食堂吃饭。

我虽然已经对维佳怡言明，等以后具备了一定条件再去追求她，但这个承诺并不意味着现在就放弃。我怀着一个自私的念头，就是希望她能够等我，在我条件成熟之前保持单身。我知道这纯属自欺欺人，只是不切实际的一厢情愿，我根本没有资格这么要求她，无论她是否单身，无论她选择谁，无论做什么，一切都是她的自由。可贾作甄和维佳怡的密切交往仍然让我产生了一种复杂心情，那种心情以痛楚为主，夹杂着苦涩、无奈、嫉妒和怨恨，犹如一块火红的烙铁插进胸膛里。尽管对贾作甄的嫉妒之心是不可避免的，尽管我对他的印象并不好，不过说来也怪，我并不恨他，而是把他视为同自己一样的可怜人，我们都陷入了对同一个女孩的爱恋之渊，他仿佛是我的一面镜子，我能体会到他的心情，我并不希望他痛苦。然而，他不痛苦的代价就是那份痛苦由我承受。经过一两个月的积聚，一天晚自习时，我的心情糟糕到了极点，像火山一样忍不住要暴发。

其实，那天并未出现什么特殊情形，维佳怡和贾作甄像往常一样同桌自习。到达那间教室之前，我已经预料到那个并不陌生的情景，可不知为何，看见两人背影的那一瞬间，就仿佛最后一根稻草砸在我身上，把我压垮了。

我感到胸口极其憋闷，如同被堵住通风口的炉膛，浓烟与暗火在里面翻滚。

我没像平时那样走进教室找维佳怡，而是直接去了图书馆。无论怎么抑制自己的心情，都无法平息心中那团火。半个多小时过去了，我翻来覆去地写着几个英语单词，写了满满一大页，却发现什么也没记住，脑中全是维佳怡和贾作甄一起自习时的情景。我感觉在室内再待下去，就有可能窒息，于是收拾书本离开了图书馆。

我茫然不知所措地走在校园里，清新凉爽的空气并未使我呼吸顺畅，依然大口大口地喘息着。我仰头望望夜幕，天空仿佛刷了一层油漆，看不见一颗星星。

此前，我已不止一次向维佳怡流露过对于她和贾作甄密切交往的嫉妒之情，甚至多次想劝她远离他，可一想到贾作甄和我处于同样的位置上，都是可怜的爱情追求者，便不忍心那么做，因为我知道，如果把他换作我，有人劝维佳怡远离我，我一定会痛苦不堪。我不忍伤害一个与自己角色相同的人，尽管我们之间只允许有一人胜出。

除了嫉妒外，还有一个因素时常令我产生想劝维佳怡远离贾作甄的念头，那就是我多次看见贾作甄和一些染有游手好闲习性的非良善之辈待在一起，我担心这会污染维佳怡的纯洁、善良和正直，我相信维佳怡会是一朵出淤泥而不染的荷花，可我又怎能眼睁睁地看着她陷于淤泥而不顾？还好，到那时为止我并未发现贾作甄做过什么坏事，而且注意到自从他和维佳怡频繁交往以后，不像以前那样经常跟那些人混在一起了。一次，我本打算劝维佳怡远离他，最后说的却是："作为朋友，你应该劝贾作甄远离那些流里流气的人，不要和他们沆瀣一气，不然好人也会变坏的。"

我不想伤害贾作甄的结果，就是把自己抛进了一个深渊。现在我再也无力忍受这种痛苦。在校园里漫无目的、长达一个多小时的游荡并未解除这种糟糕的心情。一股难以抑制的冲动，像雄鹰抓小兔一般攫住了我的心：今晚务必和维佳怡好好谈一下！

离晚自习结束还有一段时间，我就开始在维佳怡回宿舍可能经过的路上守候着。从 8 号楼去她宿舍有两条路：其中一条是稍远一点儿的宽阔的主道，经过校长办公楼前的花园广场和礼堂广场，人多热闹；另一条是风格截然不同的小路，两旁是高大的青松，僻静，清幽。直觉让我选择的是后者。

下课铃声刚响不久，路上依然行人寥寥。不久，忽见一个人影缓步走来。没错，是维佳怡。

我心怦怦直跳，从一盏路灯下走向前："你好，是维佳怡吧？"

她微微一愣，站住了，疑惑地打量了我两秒钟："哦，是你呀！"

"你这会儿有空吗？我想跟你说几句话。"我的神情应该很沮丧。

"你怎么了？有什么事吗？"

"也没什么，就是心里特别不好受。"

"为什么不好受？出什么事了？"

我张了张嘴，又咽了下去，费了很大劲儿才说道：

"要是你和贾作甄真是普通朋友，你就别和他一起自习一起吃饭了，那样太密切了，以正常的普通朋友关系相处就行吧。"

"为什么这么说呢？我和贾作甄本来就是普通朋友呀。"

"虽然你这么说，但我看见你们在一起就很难受。普通朋友不是你们那种处法的，你就和他做真正的普通朋友吧。"

"为什么呀？你为什么这样劝我呀？"

"为什么？呵呵，这……因为……因为，这还用说吗？"我用手抹了一下额头，尴尬地笑了笑。

维佳怡扑哧一声笑了出来："怎么不用说？我又不是你肚子里的蛔虫，你不说我怎么会知道？"

"这个……这个，反正，我很不喜欢你那样和他相处。"

"我觉得和他那样交往挺好的，我感觉并没有什么呀。"

维佳怡轻松愉快的神情像一股风，重新吹燃了我心头的痛苦之火。我想：不让她清楚地了解我的心情，她恐怕是不会把这当回事的。于是，我决心把一切和盘托出：

"今晚看见你又和贾作甄那么密切地待在一起，我特别特别难受！我今晚什么也学不下去，不管怎样都没法让自己安静下来，我在校园里转了大半天，还是不管用。你想象不到我心里是什么滋味，真是太折磨人了！……你总是说和他是普通朋友，可为什么要和他处得那么亲密呢？太亲密了！"我挥了一下手臂，摇了摇脑袋，仿佛在试图摆脱什么恼人的东西。

"亲密？怎么能说亲密呢？我和他只是普通朋友啊，比一般的朋友关系好一些的普通异性朋友，仅此而已。"

"那还不算亲密吗？天天都在一起！那不算亲密算什么？那还算普通朋友吗？"

"当然是普通朋友了，至少目前是。你不要这么难过，你放心，我和贾作甄真是一般意义上的朋友，绝不是你想象中的那种关系。"

"可是，你和他天天在一起，一起学习，一起打水，甚至还开始一起吃饭了，有这样的普通朋友吗？那些谈恋爱的不就是你们这种样子吗？"

"我知道自己的想法，我不可能跟他谈恋爱的，只是他一直缠着我，我也没有什么办法，慢慢地也就习惯了。我也不好非让他怎么着，反正我知道我和他只是普通的异性朋友。我就不明白，异性之间难道就不能做朋友吗？"

"当然可以做朋友，只是你们太不像普通朋友了。"

"这有什么，我和他真的只是普通朋友关系，只不过是时间长了自然而然地走得越来越近罢了。"

"你们这样天天在一起，别人会把你们当作男女朋友的。"

她笑我多想了，让我相信他们只是普通朋友。我们走进女生宿舍楼旁边的操场上，一边沿着煤渣铺成的跑道慢慢走着，一边聊着。由于嘴笨，我也没说多少话，总归是隐晦地表达每天对她的爱慕之情和思念之苦，以及对她与贾作甄关系的嫉妒，不过依然没有直接向她表白，更没有提出希望她成为我女朋友那样的要求，因为我知道自己尚不具备谈恋爱的条件，也没做好相应的心理准备。

后来，她好像只是平静地陈述一件客观事实那样微笑着说道："对了，我们宿舍分成了两拨，杨露露说我应该选择贾作甄，因为他对我实在太好了，杨露露说：要是有人也像贾作甄那样无微不至地照顾她，她就太幸福了，肯定会选贾作甄。而李静则认为你更好，说我应该选择诗人。现在我也很为难，你帮我想想，我该怎么办啊？"

我知道她和室友都把我称作"诗人"。如果我那时心智成熟一些，情商高一些，听到维佳怡这句询问，应该感到欣慰才对，毕竟她已把我作为二选一的对象，可见我在她心目中的位置已非同寻常。如果我那时勇敢一些的话，就会抓住这个机会，极力争取维佳怡的心，可我那时太年轻幼稚，仿佛受到了伤害一般，难受得许久不知该怎么回答，最后才带着懊恼的口气支吾道："这种事……你让我说该怎么办……我能说什么呢？……这种事……你应该自己决定。"我不知道当时为何会说出如此傻话来，事后回想，除了上述两个原因，可能还有如下几个：首先，贾作甄已经有一段时间跟她同自习同吃饭，而我还没怎么跟她长时间单独相处过，认为这种情形对自己非常不利；其次，我不想在背后贬损他人，虽然贾作甄给我的印象确实不大好，可我觉得他跟我一样可怜，我们对维佳怡都是如此钟情，我不想在背后捅刀子伤害他，于是寄希望于维佳怡完全按照自己的真实想法做出选择；还有更重要的一点，就是前面已经多次提到的——我当时并未做好成为维佳怡男朋友的准备，穷学生的身份让我不敢真正谈恋爱，当初给她写情书也是因为实在难以承受对维佳怡的长期爱慕所带来的煎熬。可是，除了一颗赤诚的心和火焰般的爱，我又能拿什么去爱你呢？我心爱的姑娘！最后一个原因，就是我认为她不应该把贾作甄也作为二选一的对象，那是一种错误，是她对自己的不负责任。

我说完那句话之后，维佳怡照旧微笑着，却没再说什么。

我把维佳怡送到女生宿舍楼前，目送她的身影消失在门洞里。我迈着缓慢而沉重的步伐走开了，像一个年事已高而又忧心忡忡的风烛老人。

还没走进宿舍，我就为刚才的那句话深感后悔，赶快跑到楼下附近的小超市。那时已近十点，宿舍楼快要关门了。我用超市里的 IC 卡座机电话拨通维佳怡宿舍的电话，告诉她我一定会好好爱她的，希望她不要再和贾作甄一起自习一起吃饭。十几年后的今天，我已无法记起维佳怡具体是如何回答的了，只记得她既没有同意，也没有拒绝，好像只是笑着劝我赶快回宿舍。她似乎并未意识到我当时内心刮起的风暴，并未意识到我已将她随后的选择视为关键的分水岭。其实，我当时也没意识到这点，只是后来才明白。

那天晚上我做了一个至今仍清晰无比的梦。

我养了一只白色的小羊羔。正在草原上放牧时，我的小羊羔看见旁边有只白色的小母山羊，便想跑过去跟她亲热。我从来不是狠心的人，却揪紧缰绳，不让他过去。我的小羊羔拼命向前伸着脖子挣扎，试图靠近她，嘴里"咩咩"地叫着，我则死死地揪着缰绳阻止他去追她。身处梦中的我明白无误地意识到：那只小羊羔其实就是我自己，而紧握缰绳阻止他的人也是我。缰绳绷成了一条直线，我们两个都固执地较着劲，谁也不让谁。最后，我的小羊羔恼羞成怒，忽然掉转头来咬我！我一惊，连忙抬脚去踢他，紧接着踢到了一个硬物。我醒了，这才发现刚才踢到的是床边的桌子，盖在身上的被子也有一大半被踢到了地上。

天已蒙蒙亮，我再也无法睡着。

那天晚自习时，我跑到维佳怡经常去的自习室，通过后门的玻璃窗看见她和贾作甄依然如往常坐在第一排左边靠墙的座位上看书。那一幕跟以前一样，并无本质上的特别之处，可我的心情却仿佛瞬间掉进了冰窟，糟糕到了极点，感到异常伤心和痛苦，我幼稚地以为那说明维佳怡已经用行动做出了选择，她选择了贾作甄。那一刻，内心有一种破碎的感觉。

晚自习结束后不久，我给维佳怡宿舍打电话。我带着一股哀怨问她："你们今天怎么还在一起啊？我实在太难受了！"

"最近一个月一直这样啊，你也都知道，以前你也没说难受啊。这么做也没什么啊？"

"那是以前。"然后我对她讲了昨晚那个梦，最后傻乎乎地说道："我知道我就是那只小公羊，你就是那只小母羊……"

"你胡说什么呀？什么这个那个的！"那是我第一次听见维佳怡不悦甚至气恼的语气。

我意识到不该说她是"小母羊"，忙转换话题道："那你以后能不能别和贾作甄一起自习、一起吃饭了？"

"这阵子一直这样啊，只不过在一起自习罢了，这有什么？你还有别的事吗？我要去洗澡了。"

"没了。"

挂断电话后，我在超市旁边暗影幢幢的小花园里一边踽踽独行，一边伤心落泪，直到第一遍熄灯铃声响起才离开。

回到宿舍时，灯已熄灭，我没有洗漱就默默地爬上床。室友们侃着大山，我则像一块石头般躺在黑暗中，一言不发，任凭泪水不断地溢出眼眶，流向太阳穴，流进头发，流进耳廓。我认为自己已经失去了维佳怡。直到深夜，我才睡着，后来又几次醒来，脸上都带着清晰的湿漉漉的感觉。

第二天，我决定除了不得已去上课之外，再也不去维佳怡所在的那座教学楼，再也不去找她。

十八、窗前的长久凝望

从那天开始，我把自习室改在了离 8 号楼一百多米远的机工系教学楼四层走廊尽头的一间教室。那个系的人我几乎都不认识，周围全是陌生人，不用跟人打招呼、聊天。于是，那个陌生的地方成了我独来独往、独自舔舐伤口的去处。

每天，一到自习时间，我便去机工系，或者看世界名著，或者练习写小说、诗歌。学累了，便走到楼道尽头的窗户前，默默地眺望苍茫的远山，或者漫无目的地呆望楼下的花园、小路、广场。一站就是十几分钟，一动也不动。

一天晚上，我正望着远山上的点点灯火，心头被上下起伏的伤感的浪涛不断拍打之时，脑海突然浮现出一个意象，那个意象完全是虚构的，跟我和维佳怡之间的关系没有一点儿相似之处，却能充分表达我当时的心情。我赶紧走进教室，一气呵成，写下了一首诗，用远去的童年、已经干涸的故乡的小清河、远走他乡的青梅竹马来象征我的失恋。

虽然我尽量避免见维佳怡，可是毕竟校园不大，还是有几次偶然看到她。

一个中午，我像往常一样站在窗前望着楼下的马路，她那熟悉的身影忽然闯进我的视线，她正独自向食堂走去。我原本平静的心顿时怦怦直跳。不知是我的错觉，还是其他原因，我感觉她的背影似乎也带有郁郁寡欢的落寞，于是，一线渺茫的希望浮现在我脑际：她是不是跟贾作甄分开了？但愿如此！

一个月后的某个傍晚，我和几个室友一起去校外吃饭。快出校门时，忽见维佳怡从外面走进来，而且又是独自一人！这是尤为关键所在。一瞬间，我从心底涌出一股喷泉般的欣喜，仿佛在异乡偶遇多年不见的恋人。那时我只有一个月没跟她相见，却如十年那般漫长。显然，维佳怡见到我也非常开心，她满脸惊喜地问道："好久不见了，最近还好吧？"

"还好，"我答道，正想接着问她同样的问题——我多么希望她说"不好"——可我还没来得及开口，忽见贾作甄从校门外走进来，手里拎着两个白色方便袋，里面显然是在校外买的饭菜。那一瞬间就像刚刚见到维佳怡那刻一样，都对我的心脏造成强烈的撞击，给我留下至今仍无法磨灭的记忆。只不过两者产生的效果截然相反：前一刻是由衷的欣喜，后一刻则是致命的一击，贾作甄突然出现的一刹那，我只感到心脏袭来一股剧烈的疼痛，那不是形容意义上的"心痛"，完全是一种生理和肉体上的疼痛，就仿佛胸口突然遭到一只拳头的猛烈捶击。那是我第一次感受到切切实实的生理上的"心痛"，那时我才意识到，原来"心痛"并不仅仅是个形容词。我不知道自己当时的表情是否有什么突变，只感到心脏疼得根本无法开口说话，只觉得笑容一下子僵住了，刚才准备问维佳怡的话也堵在喉咙里无法说出来。我只是机械而惨然地带着僵硬的微笑冲维佳怡点了一下头，然后走出了校门。

我不知道自己当时的笑容看上去有多么苦涩，不知道维佳怡是否注意到，在那短短两秒钟里，我的心情发生了天翻地覆般的截然两端的骤变。

又一个月过后的某个周末下午，柳东坡约我在校门附近的球场打乒乓球，两个小时后打算结束去吃晚饭时，忽见维佳怡和贾作甄一起从图书馆前的小路向校门走去。我以为他们是出去吃饭，便想着等他们回来，这样就能多看维佳怡一眼。柳东坡想去吃饭，我则要求再打最后三局。我一边打球一边不住地瞅向校门。学校只有那一个门口，只要维佳怡一进来我就能看到，因为我每隔十多秒就像探照灯般迅速扫视一下校门及其周围的空地，以校门为圆心、一两百米为半径的扇形区域都在我的探照范围内，即使多花几秒钟去远处捡球也绝不会错过她。

我不再像刚才那样使用速战速决的快攻抽球法，而是换成缓慢悠长的拉球法。乒乓球在空中划出的又长又高的优美弧线让双方都很享受这种长时间不间断的拉锯战。三局结束了，还没见维佳怡回来。我要求柳东坡再打三局。天色已暗，路灯陆续亮起。漫长的三局又结束了，还不见她的影子。柳东坡说早就饿了，再不去吃饭食堂就关门了。我也早已饥肠辘辘，嘴上却说："今天打得太过瘾了，再打最后一局！保证是最后一局！"一局结束后，仍不见维佳怡，我只好和柳东坡离开球场。

那天晚上，室友王海澜从城里回来，说他在城里恰好碰见了维佳怡和贾作甄，他还跟着他们走了几百米。我心里有些疑惑和不安，但没有问他是在什么地方看见的，他们最终又去了哪里。等十点半全校宿舍楼统一熄灯后，我用宿舍的电话特意给维佳怡宿舍打电话说找维佳怡，接电话的是她室友，对方说她还没有回来。我想自己的预感恐怕是准确的。那一夜，我翻来覆去没睡好。第二天一早，刚五点多，我就起来给她宿舍打电话，铃声响了几十秒钟才有一个女生拿起话筒，对方的声音明显带着刚睡醒的喑哑特征："谁啊？"我听出是维佳怡的好友杨露露的声音。

"你好，我找一下维佳怡。"

"她不在。"

"她昨晚没回宿舍吧？"

杨露露不假思索地答道："嗯，没回。"接着，她像是忽然意识到了什么，忙问，"你是哪位？问这个干什么？"

"没事，谢谢。"

挂掉电话后，我睡意全无，却又重新回到床上，面朝墙壁躺下，望着白灰墙上驳杂的斑痕发呆，心里被一种难言的痛楚和苦涩填塞着，胸口憋闷，仿佛空气正在变得稀薄，同时又感觉身上的气力在一点点消失。我一直躺到九点多，连早饭也没吃。

一年半后，在北京终于见到维佳怡时，她笑着问我："你是不是有一次在城里跟踪过我和贾作甄？"我很不快，甚至有些生气，觉得那种偷偷摸摸的跟踪行为对我来说是一种侮辱："我跟踪你们干什么？"那时我想起王海澜曾说他在城里遇见她和贾作甄，并且跟着他们走了一程。不过，我并未将此事透露给维佳怡。无论发生过什么，我又能说什么？她是一个独立自由的人，无论做什么都是她的自由，而我作为一个外人无权干涉，尽管我为此深感痛苦。如果真正爱一个人，无论她做过什么——当然，并非关乎大是大非大善大恶的问题——你最终都会原谅甚至体谅她，因为你会意识到，我们终究是人，任谁都无法摆脱人性中的天性和弱点，更何况有些事并非出于弱点，而是正常的人性。

那件事之后，我刚恢复不久的打球的爱好再次按下了暂停键，照旧每天独自去机工系自习，照旧长时间站在走廊尽头呆望着窗外。如今隔着近二十年的时空，我仍能清晰地看到，在那些寒冷的夜晚，那个小伙子两手揣进黑色羽绒服的口袋里，背对走廊，木头一般久久矗立在窗前。惨白的月光冷冷地笼罩着楼下那片花园。池塘里坚硬的冰面反射着寒光。整个花园空寂无人，只有静默、月光、阴影和寒冷。小路两旁的景观树光秃秃的，张牙舞爪的枝丫虬曲弯扭，在月光和路灯的照耀下有如一条条冻僵的黑蛇。

十九、在你面前，我成了婴儿

大学毕业十多年后，当《大话西游之大圣娶亲》在内地重映时，我毫不犹豫地带着女友去影院重温，看到结尾周星驰饰演的至尊宝跟朱茵扮演的紫霞仙子两度分手的情景，以及卢冠廷演唱的那首《一生所爱》响起时，我脑子里不禁满是当年跟维佳怡有关的情形。"一生所爱隐约在白云外，苦海翻起爱恨，在世间难逃避命运，相亲竟不可接近……"观众纷纷离席走出影院，女友见我握着她的手却一直不动弹，仔细一看，发现我脸上有泪水，不无惊讶地笑道："哟！怎么还哭了啊？"她的声音有点高，我深感不好意思，企图用尴尬的笑来掩饰。女友见我又是哭又是笑，于是带着不无凄然的笑容半是撒娇半是质问地说道："说！你想起谁来了？是不是想起你大学的初恋了？"

女友说的没错。

那次陷入失恋的旋涡之后，在一堂晚间电脑操作课上，每个学生分配到一台电脑，大家或做题或练习操作。我无视老师的要求，公然戴着耳机用自己那台电脑观看若干台词都已背熟的《大圣娶亲》，一边看一边泪流满面。那位美丽的年轻女老师在旁边看见我那副样子，什么也没说，也没制止，只是纵容我沉浸在电影与现实交织的悲伤之中。

到北京后第二年年底，维佳怡所在的公司部门打算根据《大话西游》改编一个小型话剧作为公司新年晚会的参演节目。她让我帮忙写个简单的脚本。我当然如同得到仙女赏赐般欣然应允。

在那个小故事中，至尊宝再次与紫霞仙子错过。在末尾，我让至尊宝说出了这样几段煽情的独白——

世界上有这么一种人，什么困难也不会让他畏惧，可是当他站在最心爱的人面前时，却不敢说"我爱你"。又有谁能了解他的苦衷？即使说了又能怎样呢？世界上有太多的无奈，太多的命运，太多的难以逾越的距离。

紫霞，你不知道我这500年过得有多苦，今日一别，不知何时才能再次与你相见。

紫霞，再过500年等我取回真经，我一定会踩着七色的云彩去找你。那时，我绝不允许自己再这样眼睁睁地跟我最心爱的人擦肩而过，我一定会毫不犹豫地大声对你说："我爱你！"那时，哪怕你在天涯海角，哪怕你转世到最隐蔽的地方，我也要走遍世间的每一寸土地，找遍世上的每一个角落，直至找到你，跟你永不再分开。

这些直白的台词或许有些矫情，我写的时候却没法做到无动于衷，因为那与其说是给虚构角色安排的虚构独白，不如说是我特意写给维佳怡的肺腑之言。几乎从邂逅她的那天起，我就预感到这份情感终究会落空，她终究会成为一个梦，一个我永远无法抵达的美丽幻梦。

我知道她对物质生活的要求比较高，而我简直一无所有，那点儿工资放在北京就像毛毛雨落在沙漠里。

维佳怡就是我生命中的一颗流星——永恒的流星。我明白她离我远去的速度越来越快，最终会消失在苍茫黑远的天际，而我只能独自站在夜空下，眼睁睁地望着她变成一个看不见的光点。

我追求维佳怡长达五六年，虽然多次和她独处一室，偶尔也敢跟她说句俏皮话，而且曾得到过她的暗示，却始终没碰过她，连一个手指头、一寸肌肤都没碰过。

我超乎寻常地恋着维佳怡，把她视如仙女，甚至比仙女还要高贵，而我是一个卑微的凡间穷小子。我每天都在强化这种想法，其结果就是爱情在我心目中成了一个图腾，而维佳怡居于图腾的中心位置，像女神一样神圣不可侵犯。那种神圣感让我变成了婴儿，对她没有任何欲求，没有任何非分之想。只要看见她，哪怕仅仅一眼；只要在她身边，哪怕什么都不做，我就感到无上满足，无上幸福。

那几年，我从未动过与她有关的不洁念头，甚至在夜里欲火中烧时都从未将她作为幻想的对象，我无法想象在她身上做那种事，那简直是对她的玷污。当我开始不能免俗，开始渴望得到她的整个身体，渴望与她做爱情所能做的一切时，已是失去她几年之后的事了，这令人不可思议，却千真万确。到北京跟她重新恢复联系半年之后，我敢于想象的，只是每次去找她之前，无数次给自己打气：这次一定要找机会抓住她的手，一定要找机会将她拥进怀里，一定要亲吻她，一定要做到，一定要勇敢！坚决！但是，一等到她出现在我眼前，那种从心底泉涌般的幸福感就犹如圣洁之水，将我变成了无欲无求的婴儿，把前几天的庸俗杂念冲刷得杳无踪影，让我沉醉于莫大的幸福之中，不再有任何非分之想。

在维佳怡面前，或者更加准确地说，在那个图腾一般神圣的爱情面前，我把自己变成了一粒尘埃，一丝空气，一颗雨滴。

我唯一一次碰触她，是在一个寒冷的冬夜。晚饭后，她提议坐出租三轮车回她不远处的住处。在狭小的车厢里，她说想起上学时乘坐小三轮的情景，我不合时宜地想到：她恐怕和贾作甄一起乘过多次三轮车吧。途中，驶过一段不平坦的路段时，车子有些颠簸，我怕她碰到脑袋，于是将胳膊伸到她背后，隔着几寸宽的空气环住她的肩膀，我那时很想搂住她，却又不敢，犹豫良久，最终只是用两个手指头轻轻碰了一下她那厚实的毛呢大衣的肩膀处——只是毫无力度的轻微一触，她根本不可能感觉到的一触。

那是我对她的唯一一次亲密接触。

二十、我知道你有多失望

越怕失去，越容易失去。

一生之中，我们难免会做出一些蠢事，说出一些蠢话，那时我们的理性仿佛遭遇了绑架。往后的日子每次想起，心里就溢满了苦汁。如果能够穿越时空，我们肯定会迫不及待地回到那一时刻，阻止某个动作或收回某句话。奇怪的是，在追求维佳怡的那几年里，虽然也存在这样的时刻，却并不多见，更多的是相反的情形，我想重回往日不是为了阻止某个动作，而是做出某个动作。我是爱情里的哈姆雷特，而不是奥赛罗，葬送那份爱情的是思前顾后、优柔寡断，而不是嫉妒和冲动。

在跟维佳怡有关的无数情景中，有众多令我终生难忘的瞬间，其中最刻骨的就是那些应该做出某种动作而没有做出的时刻。那样的时刻如同一直燃烧着的火焰，在一年后，五年后，甚至十年后，依然时不时灼痛我。

十五年前的初春时节，维佳怡搬到新买的房子不久，我第一次去那座新居。一室一厅一厨一卫，刚装修完几个月，一切都是崭新的。进屋后是个长约一米半的小走廊，靠墙摆着鞋架，上面放着多双女式鞋。客厅铺着浅棕色的瓷砖，墙角里放着一盆君子兰。宽屏电视后面的墙上贴着蓝色星空图案的墙纸，点缀着她的几张照片，电视对面靠墙放着一排浅灰色的L形布面沙发。

L形沙发的拐弯处放了一床摊开的被子。维佳怡说身体不大舒服，需要盖着被子坐在沙发上，让我不要介意。我问她怎么不舒服，是否需要去药店给她买药，她说没事，只是有点儿疲乏。起初，她靠在沙发上，被子拉到腰部，和我一起看电视。其实，我并不喜欢看电视，那时正值相声演员郭德纲刚刚出道，央视某个频道正在播出关于他的访谈，他谈到自己刚开始北漂时所经历的种种艰辛，比如，在一个大雪之夜，他从东四环骑自行车回通州，路上车子坏了，又饿又冷的他只好在厚厚的积雪中推着自行车艰难前行，回到住处时已是深夜。他那段访谈令我深有感触。不知不觉已到中午，她对我说："你饿了吧？冰箱里有水饺，你自己去煮吧。我不饿，不用做我的了。"

我走进明亮的厨房，用锃亮的炊具煮了水饺。我把水饺端出来时，她已经躺在沙发上，身上盖着被子，她说不饿，不用管她，于是我兀自吃起来。

后来回忆此事时，我才懊恼地想到，当时为什么不把水饺端到她面前？为什么不多劝劝她？那阵子，我每次去找她之前都会反复暗下决心："这次一定要牵维佳怡的手，一定要吻她！绝不能再拖延了！"我甚至几次信誓旦旦地将这个决心告诉好友倪志远和他女友卢晓晨。倪志远说："男人不坏女人不爱，有花堪折直须折，莫待无花空折枝。到时候别犹豫，瞅准机会直接抱住就吻。""你当初对卢晓晨就是这么做的吧？""没错！"我们都哈哈大笑起来。卢晓晨打了一下他的肩膀，笑道："别听他瞎吹。不过呢，这事儿确实需要勇敢一些，当然也要注意策略，营造个浪漫的氛围，然后抓住机会，该大胆的时候就要大胆。你追她都快五年了，竟然连她的手都没牵过。要是还这样下去，她迟早又得成为别人的女朋友。你不是说上学时就没抓住机会，她才成为别人女友的吗？"我叹道："是啊，我也担心啊。不管了，反正后天去见她时一定要吻她！一定要吻她！"说着，我还兴奋地举了举拳头。"加油！加油！"倪志远和卢晓晨也兴高采烈地举了举拳头。

无一例外，我那些决心一次都没能付诸行动，它们一次次地成了再也无法改变的历史。那次也一样，我吃完水饺后去厨房洗刷了碗筷，回来后，维佳怡微笑着对我说道："你自己看电视吧，我困了，睡一会儿。"我劝她吃点儿东西再睡，她仍旧说不饿。她侧躺在 L 形沙发比较短的那一截，我则坐在主沙发的中间位置，离她大约两米。后来的几个小时，我做了什么呢？什么也没做，只是成了一个木头人，一个雕像，一个傻瓜，无欲无求地坐在那里看自己根本就不感兴趣的电视节目，内心非但没觉得丝毫无聊，反而感到一种幸福和宁静。

当时，我也曾冒出过找机会吻她的念头，不过那个念头只是一闪而过。我那时确确实实没有任何欲念，准确地说是不敢，不敢对维佳怡有任何非分之想。那几年，我一直觉得如果对她产生除了轻轻吻一下之外的欲念，就是对她的大不敬，就是对她的玷污。我是因为纯洁和对性一无所知才有这种想法的吗？当然不是。

我甚至从十三四岁时就已从一本庸俗故事刊物上的一篇庸俗小说中受到启发，开始窥探到那种堕落的快乐。那导致我此后多年都沉溺其中，无力自拔。我无法抵抗那种强烈的诱惑。那种瞬间爆发的强大快感令我缴械投降，尽管很快又被随之而来的堕落感、自责、懊恼、沮丧和悔恨所折磨。每次完事之后，我都在心里痛骂自己："文恒一啊文恒一，你这个傻瓜，你这个混蛋，你怎么如此没有自制力？明明知道这么做对身体有害，却还是控制不了自己。如果你连这点儿自制力都没有，连这种毅力都没有，你这人就废了，你还能干什么？你会一事无成的！"这种马后炮式的自我警告所产生的效力只是暂时的，几天后，当欲望又一次如洪水袭来时，此前筑造的堤坝没多久就放弃了抵抗。如此反复，以致多年都如此。

遇见维佳怡并陷入对她的深情之后，那种坏习惯依然没有改变。上中学时，我甚至偷偷将安格尔那幅名画《泉》中的女孩作为幻想的对象，她像维佳怡一样纯洁美丽，我无耻地玷污了那个画中女孩，却从未把维佳怡作为幻想对象，一次都没有，甚至连跟她接吻的情形都没想过。在我心目中，维佳怡是至尊无上的，她那么美丽，那么优雅，高贵如仙女，我岂能用那些丑陋之事亵渎她？我认为只要在性方面对她产生一丝一毫的欲念，就是对她的侮辱。这种念头不可思议地持续了多年后才结束。

还有几件事可以说明我对维佳怡的情感之纯洁，甚至到了一种病态的程度。

"沙发事件"过后一个月，我再次去找她。那天，我们并肩站在公交站牌的一个小路口等车，我在她左边，离她约半米远。身后是一个小型停车场，几乎没有什么车。

"嘀——"一声轻微而短促的鸣笛声。我转身一看，一辆黑色的小轿车从我们身后缓缓驶来。"后面有车。"我提醒她道，想用手去拉她，却又不敢碰她。

车子慢得像一只大甲壳虫，她站在那里慢慢地往我这边转过身朝后面望着车子，动作就像慢镜头。她的表情很平静，没有任何慌张的神色，时隔十几年的滤镜，我似乎能从她脸上发现一种隐隐的笑意，可她一直没有挪动身体，就像一个年幼的孩子，在等着大人去保护她。我明白，她在等待我向她伸出手。

抓住她的胳膊把她拉过来！我在心里命令自己，可我的身体就像傻瓜一样，一动不动，根本没有勇气碰她。

"有车。"我又说了一遍，见她仍然静立不动地望着后面的汽车，我犹豫了一两秒后，往左边挪开两步，只留她独自站在小路口。

车子开得极慢，也越来越近。我想再回去拉她或者推她，可那股魔力把我的双脚死死地钉在那里。

两秒钟后，她若无其事地走到马路另一边。

汽车缓缓地驶过去。

我重新走到她身边。

她没有说什么。

我也没有说什么。

只是，后来每想到这幕，就感到有一根针在刺自己的心脏。一直刺了很多年。

我不知道自己为什么在她面前变得如此怯懦。我从小就好打抱不平，看到有人欺负弱者往往会上前劝阻，上小学三年级跟小伙伴们一起在村里的养鱼塘游泳时，我还毫不犹豫地下水救过一个从浅水区滑入深水区的不会游泳的低年级小伙伴。如果维佳怡当时真有危险，我肯定会不顾一切地去救她，可是当她故意制造小小的危机考验我时，我却蠢得像一截木桩，不敢对她有任何肢体接触，哪怕只是隔着衣物拉一下她的胳膊。我想她肯定很失望，再次看清了我的怯懦本质，连最起码的安全感都无法给她。

我无法原谅自己。后来的无数日子里，每每想到那个时刻，身体深处就袭来一阵阵疼痛和窒息感，仿佛有一把锯子在体内锯来锯去，又仿佛胸膛前后各有一扇电动钢板在相互挤压，心脏和肺被挤成一团，纷纷挣扎着想要逃出那副躯壳。有几次，那种钝痛和窒息感让我不得不咬紧牙关，咬得腮帮子酸疼，偶尔，还会有一丝冷汗从脊背和额头钻出来。

我不仅不敢碰她，有时候，甚至连看她一眼都不敢。

维佳怡结婚后第二年初夏，她约李静、陈雯和我一起吃饭。我们几人是大学校友，她们仨是同班同学兼室友，李静和陈雯一年前分别考上了北京两所高校的硕士研究生。维佳怡结婚前经常带着男友跟李静、陈雯相聚，有多次都约我一起参加。她结婚后，我们仍然差不多半年聚一次。又过了几年，维佳怡跟丈夫定居美国，我就很少有机会见到她了，只有等她回国时才通知我一起短暂小聚，可惜那样的机会越来越少。那天，她好像穿了一件中长款的风衣，吃饭期间，我低头时无意间用眼睛的余光发现她穿着黑色长筒丝袜，那是我第一次见她穿长丝袜，我很想看看她那穿着丝袜的美丽长腿，只是单纯地以审美的眼光欣赏一下，丝毫不带有什么欲念。说来你可能不信，自始至终我都没有把目光落在她的腿上，哪怕一次，哪怕半秒钟都没有。最后离开饭店下楼时，我正好在维佳怡后面，我只需将目光轻轻下移，就能看一眼她的美丽双腿，但我没有这么做，我感到不好意思，怕那种其实并未带什么欲念的一瞥也会亵渎我对她的爱。又过了几年，我才敢将她作为幻想对象。跟后来的美丽女友相处时，有不少次，我都把女友想象成维佳怡，当灵魂即将飞出身体抵达顶峰的极致时刻，我总听到心里有个哀伤的声音在呼喊着维佳怡的名字。

二十一、火焰再度燃起

当爱情面临竞争时，我多次将主动权交给心上人；当感到自己胜算不大或者尚未做好准备时，我总是选择主动退出。这种退缩时常令我事后痛悔不已。当我不再退缩，选择主动时，已是维佳怡到北京之后的事，那时我还留在学校准备专升本考试。

此前的一次偶遇让我重新走近维佳怡。

一天傍晚，我吃完饭刚走到机工系四楼拐弯处，忽见她和贾作甄从走廊里走出来，那时我没再感到难以忍受的痛苦，而是为再次见到维佳怡而惊喜。

她也一脸欣喜，像从前那样微笑着问道："你在这里自习？"

"是的，平时都在这间教室。"我指了指旁边的教室，"你们是来上课吗？"

"不是，我们也是来自习的，我们一般在前面第三间。"

寒暄几句之后，我们便分开了。

我难免如此猜测：是不是维佳怡或她的室友发现我在这座楼里自习，所以她也特意转移过来？我多么希望如此！不过，这个猜测我也从未向她求证过。

此后，我又忍不住像从前那样，每天自习前先去维佳怡所在的教室跟她简单聊几句，然后再回隔壁教室安心看书。几次下来，尽管维佳怡一见到我仍会开心地露出笑容，不过我注意到，每次看见我之前，她的神色已不复从前那样温柔、宁静、祥和，而是似乎被一层惨淡的荫翳愁云笼罩着，仿佛她体内原本明亮的一盏灯黯淡了下去。显然，两个多月来，有一种东西改变了她，不是使她变得更舒心愉悦，而是让她感到某种失落、失望、沮丧甚至忧伤。请相信，这不是我的主观臆测，而是一种显而易见的变化。她和贾作甄之间的关系也让人感觉变得冷淡了：在那间学生寥寥、生铁框架的课桌散发着铁锈色寒气的空寂自习室里，两人不再共用一张课桌，而是隔开几个座位，贾作甄也给人一种无所事事、百无聊赖的印象。

不久是她的生日，我专门进城买了一幅用实木画框和玻璃镶嵌起来的艺术画送给她。上面只有一朵白玫瑰，它是那么洁白无暇，我进入礼品店第一眼就被深深吸引了。维佳怡收下那份礼物并道谢，她的笑容无比温柔。当时，贾作甄也在场，聊天时我提及一个室友说他认识学校驻地城市的公安局局长，贾作甄撇着嘴逐字逐句地说道："吹——牛——逼！"

"别说脏话！"维佳怡迅速扭过头去喝止道。那是我第一次也是唯一一次见维佳怡愠怒时的样子。

大约半个月后，我在梧桐大道的一个交叉口再次遇见她，我和她都是独自一人。她问我是否有空，有件事情想征求我的意见。我当然有空。我折返身伴随她沿着梧桐大道并肩而行，枯黄的法国梧桐落叶在脚下"咔嚓"作响。她说不久前一个表姐见过贾作甄，对他的印象不大好，劝她跟他分手，问我该怎么办。

我还没想好怎么回答，她继续说道：

"而且，我现在也觉得他这人有些怪，好像心里藏着什么秘密似的，我发觉一些迹象后追问他，他却说我疑心太重。"

"秘密？哪方面的？"

"不好说，我也说不准，可能跟他的身份有什么关系吧。"

"身份？他的身份能有什么问题呢？不就是官二代吗？据说他爸好像是他们县城什么局的干部吧？"

"我具体也说不清，总之云遮雾罩的，他也总是遮遮掩掩，让我觉得神秘兮兮的。"维佳怡注视着我，少顷，再次问道，"你说，我该怎么办？"

我略一沉吟，说道："既然这样，那就离开他吧。"

她点了点头："好的，我会的。"

我们又聊了几句，然后在一个岔路口分开了。

分手没有那么顺利。贾作甄不是我，他不会像我那样主动退出。

年底的校园招聘会很快到来，我再次遇见维佳怡时，她说："我应聘了北京的一家企业，一周后去北京面试。你帮我用 Photoshop 做个 Flash 简历呗。"我欣然应允。几个月前我曾把写给她的一首诗做成 Flash 动画送给她。其实我并不擅长 Photoshop，是在室友穆云飞的帮助下完成的。于是我又一次请穆云飞在旁边指点，花了两天时间给维佳怡做了一个动画简历，拷在一张七寸软盘上。面试回来后，她说面试时没能打开那个 Flash，好像软盘坏了。当然，那不妨碍优秀的她顺利过关。

放寒假前，维佳怡已离开学校去北京上班。虽然远离了维佳怡，我却很开心，首先，这使得她和贾作甄自然而然地分开了；其次，维佳怡曾对我说毕业后要回老家青岛，现在却毫无征兆地选择了北京，这是不是跟我多次告诉她我毕业后想去北京有关呢？不消说，我当然会为两者赋予因果关系，哪怕是一种弱关联。

由于我们是专科生，大三下半学期不想专升本的便可以离校找工作，准备专升本者可以继续留校准备 4 月底的考试。我对自己所学的那门理科专业早已失去兴趣，平时也将大部分时间放在阅读世界名著上，为自己的文学梦做准备，但为了证明自己不是只配读专科，我选择留校准备专升本考试——我从小就学习成绩优异，尤其擅长文科，上高中后因为过于贪玩而导致数学成绩落后，却又因厌倦文科某门课程的死记硬背而在分文理科时偏偏选择了弱项理科，高三学习最紧张时，还挤时间写了两篇各几千字的小说投稿给《萌芽》杂志参加新概念作文大赛。不过，结果是泥牛入海。

专升本考试报名之前我就已下定决心，考上本科我也不会读，参加考试只是为了证明自己。那时就是这么天真，其实有些证明是没有必要的，基本是虚度光阴，浪费人生，就像每年高考时都大肆渲染的那些五六十岁甚至七八十岁还要连续多年参加高考的"范进后备军们"，把宝贵的时间花在自己最喜欢最有意义的事情上岂不更有价值？难道你一生的最高价值就是取得一纸文凭吗？远比文凭重要的东西太多了。不过，我那时尚未有这种觉悟，只想用考试结果证明一下自己。

紧张的备考期间，我忍不住给维佳怡打电话，然后一发不可收拾，几乎每天晚上都打一次，询问她在北京的工作生活状况，并开始向她倾诉再次燃烧起来的日益强烈的思念之情。

一天晚上，在那团爱情火焰的炙烤下，我终于无法抑制地向电话那端的她说出了第一句"我爱你"，我是那么激动，以致已顾不上其他几个电话隔断间和外侧的小超市里是否有人以及能否听见我那些话。我浑身发热，尤其是耳朵、脸颊和脖颈，仿佛着火一般，身体像一截绷紧的弹簧，用无法抑制的颤抖的声音和直白灼热的语言向维佳怡倾诉衷情：我是怎样几乎每时每刻都在想念她，吃饭时、走路时、学习时、看书时、睡觉时，甚至多次梦见她，有时候，想她想得简直快要发狂了。最后，我重申等考试一结束就去北京找她。

等我说完那番十几分钟的狂热告白，电话里传来她温柔的声音，可以听得出她说话时一直在微笑："你现在不要多想，再有一周就要考试了，现在不要为其他事分心，先安心准备考试，等考完之后再说。"

接着，她又笑着补充了一句："对了，你跟我说这些，就不怕我告诉贾作甄吗？"

我没料到维佳怡会这么说，一股懊恼、沮丧、伤心、失望的复杂情绪顿时涌上心头，这并非因为害怕，我如果担心遭贾作甄报复，就不会向维佳怡表白了，让我难受的是她这句话流露出来的她和贾作甄之间依然存在的密切关系。我的语气变得沮丧而生硬："我要是害怕，就不会跟你说这些了。告不告诉他是你自己的事，你愿意告诉就告诉，我管不着。"

二十二、威胁

第二天是周六，晚上其他室友都去网吧上通宵，宿舍里只剩我和柳东坡两人。宿舍楼熄灯后，我洗漱完毕，借着从楼道里射进来的光亮正准备上床睡觉，突然响起"砰砰"的敲门声。

我一下子就猜到来人可能是贾作甄。这并未让我感到丝毫惊讶和畏惧，也许我在潜意识里正等着这个时刻的降临，只是一想到维佳怡果真把我对她倾诉衷肠一事告诉了贾作甄，不禁油然而生一种灼痛之感，似乎有一颗颗滚烫的烛油落在心上。我没有犹豫，径直走过去打开房门。只见门口站着一个比我矮半头的皮肤白净的大胖子，他旁边是贾作甄，他们身后还有两个人，一个魁梧强壮，身高一米八多，生着棱角分明的面庞，脸上肌肉横突；另一个则是小瘦个儿，一张瓜子脸，肤色白净，额头左侧有一道两寸长的伤疤。我以前找维佳怡时多次见过他们，还几次听贾作甄喊那个胖子"大熊"。

"哟！正要找你呢！你出来！"大熊喷着酒气说道，随即吸了一口香烟，一双小眼睛眯缝着。

我没有迟疑，走了出去。

大熊歪头咧嘴，乜斜着眼，盯视着我："知道为什么找你吗？"他突然把恶狠狠的目光从我身上移开，"你是干什么的？看什么看？"

柳东坡拉开门，正从里面露出半个身子。

"你们找恒一干什么？"

"关你屁事？有什么好看的！找抽是吧？"大熊一边低声呵斥着，一边推搡着柳东坡走进灰暗的宿舍，小瘦个儿也跟着走了进去。

"恒一是我同学，我看看怎么了！"柳东坡毫不示弱。

"嗬！还挺硬啊你！不给你点颜色瞧瞧，你就吃饱了撑得多管闲事！"大熊嘴里不停地骂着脏话。

我急忙进去拦住大熊和小瘦个儿，说道："这不关我同学的事，有什么事直接找我，咱们出去谈。"我朝柳东坡转过脸去，"没事儿，不用担心。走，咱们出去谈。"我推着大熊和小瘦个儿往外走。

"别他妈的多管闲事，要不有你好看！"大熊指着柳东坡威胁道。

我把他们推出宿舍，从身后把门关上。

他们把我围住，我几乎靠着墙。

大熊一脸凶狠地眯缝着眼睛，微微仰起下巴，嘴里叼着香烟，缓缓地向我靠近。红彤彤的烟头儿一寸一寸逼近我的脸颊。

我并没有害怕，只是紧紧盯着大熊的眼睛，同时注意着那个离脸颊只有几厘米的烟头儿，渐渐将脑袋向后倾。最后，整个身子紧紧地贴在墙壁上。我低垂眼睛，注视着冒着一缕青烟的火红烟头儿，量他再怎么嚣张也不敢烫我的脸，不过他的酒气和红红的眼珠又不免让人担心他会失去理智，于是脑袋、脚下、身体和手臂都做好了躲闪的准备。

大熊还很清醒。当烟头离我的脸颊只有一厘米多时，见我依然没有一丝惧怕、求饶的意思，便停住了逼近的势头。

"说吧！你昨晚对维佳怡说过什么？"

"说我爱她。我经常给维佳怡打电话，以前也经常去找她，贾作甄也知道。"

贾作甄没有说话，只是面无表情地看着我。

"你跟她说了什么？"

"以前对她说过的那些。"

"你不知道她是贾作甄的女朋友吗？你没见他俩天天都在一起？他俩早就是男女朋友了！一毕业，他们就要结婚。你小子胆子不小啊，敢在太岁头上动土，你知道他是谁吗？他是我们

153

老大！他两年前就开始追维佳怡，我们都称呼她为嫂子。"

"我也一直在追维佳怡，贾作甄也知道这事儿。"

贾作甄始终沉默不语，脸上也没流露出什么表情。他不再看我，转过身慢腾腾地向楼道另一头走去。

这家伙真老练，表现得就像这事跟他没什么关系似的。我心中暗想。

大熊眯眼瞅着我，一双小眼珠如同雾中的狼眼。片刻过后，他继续说道："甭管你追不追，她已经是我们老大的人了！你也不打听打听，我们哥儿几个喜欢的女孩，别人谁还敢再追？"

"我喜欢维佳怡，贾作甄一直都知道。"

"甭管你喜欢不喜欢，甭管他知道不知道，维佳怡已经是我们老大的老婆了，你也不掂量掂量自己几斤几两，敢从老虎嘴里拔牙，活腻了吧你？说，你以后还缠着维佳怡吗？"

"我不是缠她，我是喜欢她，在她结婚之前，我有权利追她。"

大熊又眯起那双小眼睛盯着我，良久，说道："走，咱们去六楼！"

我没有迟疑，一口应道："走！"

贾作甄他们的宿舍在顶层，也就是六楼。我知道去六楼恐怕凶多吉少，也明白好汉不吃眼前亏，不过我已不在乎会不会遭殃，既然维佳怡把我向她表白一事告诉了贾作甄，我倒希望他们能狠狠打我一顿，从而借助肉体上的疼痛忘记心灵上的创伤，忘记维佳怡。当时，我想起了凯撒的故事，当他发现刺杀自己的人竟然是最心爱的女人时，武艺高强、原本奋勇抵抗的凯撒大帝顿时如一座自行倾塌的铁塔，万念俱灰，放弃自卫，情愿被敌人杀死。

他们在六楼走廊尽头停下来，几个人围着我。

大熊低头点燃一支新烟，然后满脸鄙夷地说道：

"你也配爱维佳怡？呸！一个勤工俭学的穷学生还想跟我们老大争女朋友？哼！要不是老大对你手下留情，一直没让我们教训你，你还敢整天去找维佳怡？他原本说要和你公平竞争的，没想到你竟然这么无耻，胆敢鼓动维佳怡离开我们老大！今天要不给你长点记性，说不定你以后还会做出什么事来呢。我现在警告你，维佳怡是我们老大的女人，谁也别想横刀夺爱，不然叫他吃不了兜着走！只要你保证以后不再爱维佳怡，不再纠缠她，今天就饶你一次。说！从今以后你还敢骚扰维佳怡吗？"

我没有答话，只是冷冷地笑着。

大熊狠狠地吸了一口烟，用力把烟雾喷到我脸上。

一股烟味、酒味和口臭相混杂的怪味袭来，我用手扬扬眼前的烟雾和臭气。

这时，一帮人浩浩荡荡地从楼梯口出现，迅速走了过来，原来是柳东坡和隔壁520宿舍的六七个同班同学。

人高马大的梁荣峰和柳东坡等人问道:"怎么回事恒一?"

大熊等人见突然出现这么多人,愣了愣神儿,一直没说话的小瘦个儿这时用食指指着我那些同学恐吓道:

"你们想怎么着?碍着你们蛋疼了?也欠揍是吧?"

同学们不惧危险来六楼为我仗义撑腰,这令我感动又感激,同时又担心他们会遭殃或者以后遭到报复。我没有犹豫,上前一步,拦住小瘦个儿,对他们说道:

"这不关我同学的事,他们只是来看看怎么回事。咱们之间的事咱们自己解决,不关我同学的事。"说着,我转身伸开两只胳膊拦住前来为我撑腰的几个同学,"没事,你们回去吧,没什么事,我们只是谈点事情。"

小瘦个儿将手越过我的胳膊,仍恶狠狠地指着他们叫嚣:

"告诉你们,自从我来到这学校,还从来没见这么多人敢来六楼找事!真他妈的邪门儿了,竟敢稀里轰隆的一帮子来六楼撒野,从来没有过这种事!真是不知天高地厚!真他妈的活得不耐烦了!"

我将同学们慢慢往后推:"你们放心,真没事,你们回去吧,我等会儿就回去。"

这时,大熊转身走进旁边一间黑咕隆咚的宿舍,随后被从里面走出来的贾作甄用一只胳膊拦住了,贾作甄说道:

"算了算了,今天放他们一马。"

"那不行！不能就这么算了！不给他们点颜色瞧瞧……"

"算了，就这样吧。"贾作甄向大熊和其他同伙使着眼色，"算了，今天到此为止。"

我继续用两手推着同学们："没事，你们不用担心，现在没事了，你们回去吧！真没事！"

"真没事？"梁荣峰问道。

"真没事，你们先回宿舍吧。"

"那你小心！不行就大声喊我们！"

"行，放心吧！"

我把同学们劝下楼后，贾作甄也把小瘦个儿和大熊支走了。小瘦个儿临进屋还不断大声叫骂着。

最后，楼道里只剩下了我和贾作甄两人。他说道："好了，我和你单独谈谈。"

我们来到六楼和五楼拐弯处的平台上。他把身体重心放在一条腿上，轻松地抖动着另一条腿，手里摆弄着一部带摄像头的崭新手机——那时候就连老师也没几个人有手机，更别说带摄像头的新机型了——他望着黑黢黢的窗外，一阵沉默过后，慢悠悠地开口道：

"我本来没想找你，但是维佳怡把你昨晚跟她说的话告诉我以后，我不能不和你谈谈。你应该不会看不出我和维佳怡是什么关系吧？我和她在一起不是一天两天也不是一年两年了，我

157

们高中时就认识了。你也知道，我和她天天在一起，我对她非常了解。你了解她吗？我敢说没人比我更了解她，连她的父母都没我了解她。你对她的认识是非常肤浅的，还不到我认识她的百分之一。你知道她喜欢吃什么，喜欢穿什么，喜欢玩什么吗？你清楚她真正的脾气性格吗？你肯定不知道，即使知道，那也是假象。你以为她喜欢你？还是别做梦了吧！你挺聪明的呀，怎么就一直没看出我和维佳怡早就是男女朋友了？她可离不开我，我们一会儿看不见对方，就想对方想得不行，要不我们怎么会天天在一起？我是看你人还不错，所以一直容忍你和她来往，你见还有谁敢像你这样时不时地去找她，去打扰我们？实话告诉你吧，维佳怡早就厌烦你了，是我觉得你还不错，看你有点儿才华，才让维佳怡不给你吃闭门羹。没想到，你竟敢跟她打电话表白，我本来是能忍就忍，要不是你做得太过分，我今晚还真懒得找你。"

我什么也没说，一直望着远方山顶若隐若现的灯光。心想，他这些话肯定有不少谎言，有一点很明显，维佳怡早就说过了，他们是来到这所学校后才认识的。我用眼睛的余光注意到他在冷冷地观察我，片刻之后，他继续说道：

"我知道你的家庭情况，维佳怡跟我说过。说实话，如果我是你的话，谈恋爱这种事肯定连想都不会想，而是一门心思地学习，其他的事一概等以后再说，因为那不是现在应该想的，要不然就是不走正路。维佳怡让我看过你写的小说，如果我有你那样的文笔，我不会整天想这些闲篇儿，我会好好练习，不断提升自己的写作水平，充分利用时间多写文章，为家里减轻点负担。你说我说的有没有道理？像你这种家庭条件的就应该这么做，别的事以后再去想。家人辛辛苦苦地赚点血汗钱，一分一分地攒起来给你交学费，你却在学校里谈情说爱，你对得起家人吗？我说的有没有道理，你就好好想想吧。先不说你不顾家庭条件在学校里谈恋爱这件事对不对，就算对，那你也得去追人家也喜欢你的女孩吧？你干吗老缠着维佳怡，缠着我女朋友？要不是我一忍再忍，要不是维佳怡那么善良，不准我伤害你，你想想还有可能整天去纠缠她吗？

　　"这样说吧，即使退一万步讲，即使维佳怡也喜欢你——但这是不可能的，你非常清楚，她是我的女朋友，她爱的是我，她不可能喜欢你，我只是打个比方——即使退一万步讲，即使维佳怡也喜欢你，你也该配得上她才行啊？你别用这种眼神看我，难道我说的不对？别的不说，首先第一点，你的家庭出身就跟她相差甚远。你不想想，维佳怡可能喜欢你吗？我太了解她了，就算她喜欢你，她又怎么可能接受你呢？她从小就在非常优越的家庭环境中长大，从小就习惯享受生活，她是不可能过穷日子的。你想一想，她可能接受你吗？就算你能够追上她，就算你能够跟她谈恋爱——我说的是就算——就算那样，你也

159

只能是耽误她，耽误她的青春，耽误她的美丽，耽误她一辈子。就算你们以后能在一起，你养得起她吗？你忍心让她受苦吗？

"你真心爱她吗？如果你真心爱她，你就忍心让她跟着你受苦受累？如果我是你的话，我宁愿放弃她，心甘情愿地放弃，绝不会让她跟着我受罪，也绝不会阻挡她寻找自己的幸福……

"说句你不爱听的，我和你就不一样了，不是吹牛逼，以我的家庭条件，就算毕业后不找工作，我也比你拼上十年混得还好。你不信？不说别的，单单我家那辆奥迪A6就够你累死累活地拼上十几年。我爸说了，等我一毕业，那辆奥迪A6就归我。你有奥迪A6吗？你买得起吗？你想让维佳怡整天骑着自行车上下班？再说了，就算不提汽车的事，你工作多少年才能买得起房子？我想，关于这些你应该比我清楚。"

我始终一言不发，依旧望着星星点点的远山。他后面这段话也许不无道理，但我对此非常不屑。我知道维佳怡不是那种甘于平淡生活的女孩，紧巴巴的日子她肯定没法适应。不过我仍对未来怀有一种自信和希望，不认为自己奋斗几年之后还赶不上他。

他说完，盯了我一会儿，见我一直沉默不语，便问我有什么想说的。

"你说的没错，我现在还是穷学生，可能工作几年还赶不上你，但这不意味着我一定会穷下去，也不意味着我一定会让心爱的女孩受苦。我们也认识很久了，想必你也知道我对维佳怡的情感有多深。几个月前，我和维佳怡在操场上散步时，她向我征求意见，说她很矛盾，杨露露对她说应该选择你，杨露露说你对她实在太好了，李静则认为我更好，建议她选择我。她问我该怎么办。我觉得情感的事应该由她自己做主，我也不想在她面前说你不好，就对她说这种事她应该自己选择。后来的事你也知道了，我从此离开你们那座教学楼，再也没去找过她。"

也许他从未料到维佳怡竟然就此事向我征求过意见，我注意到他原本有些得意，仿佛心头燃着一团胜利之火，而我这番话却像突如其来的暴雨，一下子将那团火浇熄了，火光渐渐暗淡下去。他显然有些颓丧，默默地望着窗外，久久没有说话，最后说道："咱们今天就聊到这儿吧，时间不早了，都回去睡觉吧。"

"他们昨天去找你了？他们没怎么着你吧？"第二天给维佳怡打电话时，她一开口就问道。

"没怎么着我，没事儿。"

"我只是在贾作甄给我打电话时简单提了一下你，只是让他跟你说一下，不要想太多，要好好复习准备考试，没想到他竟然带人去找你。如果他敢怎么着你，我是不会原谅他的！"那是我第二次听见维佳怡气愤时的口吻——第一次就是制止贾作甄说脏话那次——我不禁心里暖暖的。

我当然不希望维佳怡将表白一事告诉贾作甄，那样的话，我和她就拥有了只属于我们两人的秘密，不过，事后我想，这么做的缺点就是不光明不正大不坦荡，维佳怡将此事告知贾作甄，这说明她是胸襟坦荡的，做事磊落，不偷偷摸摸，问心无愧，而且将我们三人的关系公开挑明，也有利于问题的最终解决。此外，我猜测，维佳怡这么做可能还出于一个女孩子的单纯和虚荣心理："你看，虽然文恒一知道我们现在的关系，知道你不好惹，但他还是敢于向我表白。"这个猜测我从未向维佳怡求证过。

两天后，我在校园里跟贾作甄偶然相遇，他微笑着走过来对我说："那天不好意思，我不是要威胁你，只是想跟你谈谈。维佳怡让我告诉你，安心准备考试，不要为其他事分心。祝你考个好成绩。"

"谢谢，没关系，也祝你考个好成绩。"

一周后，等考试一结束，第二天上午我就踏上了开往北京的火车，只随身携带了几本名著、几件衣服和一条毛毯。在火车上，我想自己比沈从文、于连、盖茨比、许文强等或真实或虚构的人物都幸运，因为我预先就知道在那个孕育着希望与梦想的地方，有心爱的姑娘在等我，有美丽的爱情在等我。

二十三、最后的别离

我明白，"沙发事件"和"汽车事件"已经宣告了那段恋情的终结。我想，维佳怡肯定猜想我是不是正常男人，是不是缺乏男人的本能，甚至缺乏保护心上人的那种责任感和勇气。如果我是维佳怡，恐怕也会因此对这人失去希望。

我们如两列驶往不同方向的火车，原本平行的轨道正在不可阻挡地分岔。

当预感到那段感情即将走到尽头时，我又百般不甘心，极度渴望抓住她，最终把自己变成了狭窄缝隙里苦苦挣扎的羔羊。眼睁睁地看着心爱的人离去却无法挽留——那种无力感挖空了我的心，那简直是一种毁灭，能把一个人所有的气力所有的精神所有的毅力所有的梦想都碾为齑粉，甚至让人不再珍惜这个生命。

后来的几个月，她对我的短信和 QQ 回复渐渐变少，每次回复的时间间隔也渐渐变长，当我越来越清晰地意识到这段原本就无望的恋情即将终结时，我能怎么办呢？我只能像一个早已做好自我毁灭准备的投湖者那样，虽已抱定赴死的决心，知道死亡是唯一的结果，可是出于本能仍然在徒劳地挣扎，胡乱挥动四肢，企图拖延死亡的降临，企图在最后一刻抓住一棵细细的稻草，尽管明知那棵稻草并不存在，即使抓住也无济于事。也许，那种挣扎就是为自己送葬的一种仪式。我当时就做了那些垂死挣扎，大胆而近似疯狂地向维佳怡发出最后的表白。那是在爱情葬礼上宣读的诀别书，那是刻在爱情纪念碑上的祭文。

"为什么不理我呢？或许我真的让你烦了，或许我真的不该如此痴恋本就没有希望的恋情。这么纠缠你，实在是因为太爱你了，实在是无法放下。从 2001 年初秋时节见到你的那一刻起，就在心里认定你是我的唯一，我知道成功的几率非常渺茫，所以我一直在努力，但就怕还在努力时，已经失去了你。我是如此爱你，有时却又不敢爱，怕你受委屈；不敢说出来，怕说了之后会失去你，连朋友都做不成。爱一个人真的很痛苦，可是不管这份爱能不能实现，不管有多么痛苦，我都会这么一直爱下去的！"

"你让我怎么做？我心里很清楚，但是我有什么办法？这不是一个人的问题，你应该明白的。我不想和你为这件事情再辩论了，已经说过很多次了。"维佳怡回复道。

"我不是和你辩论，只是把自己的心里话说出来，我不会勉强你的，你有权利追求自己的幸福，我也不会妨碍你，会真心祝你幸福，只是一直希望这种幸福是我给的。但是，如果这是不可能的，如果我这么做让你很为难，如果我真的是一厢情愿，那我只能退出，即使那样，我也仍会这么爱你，仍会放不下你，除非心彻底碎了。"

"是不是等到我结婚那天，你的心就会碎了？"

"可能是我太顽固了。"

"有点吧。"

"见到你之后心里就再也装不下别人了。没有人会像我这么爱你的，因为我这么爱你并不是因为没人喜欢我，也不是因为喜欢我的人不漂亮。有个挺漂亮的女孩很喜欢我，托同事暗示我，还在我办公的电脑屏幕上更换带有表白性质文字的图片。去年11月她离开北京回老家，走前还专门约我，说如果有她喜欢的人挽留就继续留在北京。但我对你的爱太强烈了，只是觉得她还不错，属于喜欢的阶段，远达不到对你的感情强度。前一阵子，她来北京，连以前最好的朋友都没见，只约了我。她知道我对你的感情，她很看得开，不像我这样一根筋，她开导我一切顺其自然，是你的就是你的，不是你的强求也没用。我一直在想，等你变老了，变成了老太婆，我还会如此爱你，爱你满头的白发，爱你满脸的皱纹。这几年来，你不知道你对我来说是多么重要，那种强烈的感觉让我确信，如果能和你在一起，我一定会好好爱你疼你一辈子的，直到我死去的那一天。最初遇见你时，我就想，如果你对我没有感觉，我只是一厢情愿，那么我是绝不会再缠着你的，可我实在放不下，没想到后来竟敢这样苦苦追求你。我也知道，真该顺其自然了。第一次给你写情书时，就想写上徐志摩的一句话，由于担心会一语成谶，所以就没写。现在看来真该这样了——'我将在茫茫人海中寻访我唯一之灵魂伴侣。得之，我幸；不得，我命。'"

"我不能阻碍你做什么，我只能按照自己的想法做决定，希望我们都能给对方一个空间，我不明白你是怎么想的，但如果换成我是你，我会很委屈的，希望你也能放开一点，寻找你自己的真爱，我真的不适合你。"

"我从来没有觉得委屈，我所做的一切也都是遵从自己的内心。执着地追求自己最爱的人，这对我来说没有什么委屈的，哪怕最后落得一无所有。"

其实，从认识维佳怡第一天起，我就没有妄想能真正追求到她，也许我在潜意识里早已认定只能陪她走一程，直到她找到自己的幸福，我的使命也就此告终，才能放心地转身离开。

她问我是不是等她结婚那天才能死心，我当时回避了这个问题，我承认她说得对，也许只有等到那时我才能断绝那份执念。

我明白，最后的时刻即将到来，我无可奈何，只能承受。在被痛苦折磨的间隙，我有时这样安慰自己：你不是一直这么认为吗？爱一个人，并非意味着必须要得到她，真正的爱是给予，是放松，是给对方自由，让她自主选择，而不是将爱变成绳索牢牢地捆住对方，那是自私的占有，是打着爱情旗号的绑架。你以前就对她说过，她有权利追求自己的幸福，只不过你希望那种幸福是你带给她的，希望她能将你作为考虑的对象，能够再给你两年时间。不错，你深爱着她。可是，仅仅因为你爱她，就可以要求她为你守候吗？更何况，她已经给过你多次机会，是你自己没有勇气去迎接。苦果是你自己酿成的，怨不得任何人。哪怕维佳怡现在真的已经有了男朋友，那也再正常不过。爱一个人，不就是希望她生活得幸福吗？如果你还不具备让她幸福的能力和条件，又何必再纠缠呢？如果你爱她，就松开你那爱的绳索，把选择的权利完全交给她，让她自由飞行吧。如果不能使她幸福，就为她祝福吧……

道理谁都知道，做起来却是另一回事。我依然在挣扎，在纠缠。

爱情的垂死挣扎总是无力又偏执。

那年"五一"假期之前，我就职的杂志社组织大家去外地旅游，我特意给维佳怡带来一个用数百个贝壳做成的大风铃，想在"五一"期间送给她。她说假期在青岛老家，7号才回北京，我坚持要把风铃送给她，她则执意拒绝："你7号不要来找我，我已经跟男朋友约好了。风铃不用送了，你来我也不会见你的。"

挣扎是求生的本能，而爱情死亡前的挣扎是那么没有尊严。那天，我用一个手提包拎着风铃来到了她的新家门前，摁了几次门铃，屋里没有任何动静，通过猫眼却可以看见客厅里似乎有灯光，给她发短信，请求开门，没有回复；拨打她的手机号，也不接。发了几条长长短短的信息后，她终于回复了："我不在家，你走吧。"或许她真的不在家？或许她男朋友在里面？我离开房门，沿着楼梯往上走了半层，在楼梯拐弯处停下来等她回来。

大约半小时后，就像小说或电影里那样，她家的房门打开了，一个身材修长、金发碧眼的白皮肤男人走了出来，他顺手把门关上，走下楼梯。我的心提到了嗓子眼，深感不可思议，做梦般跟在他后面。他走到离单元门二三十米开外的停车场，钻进一辆轿车。我紧走几步跟上去，那辆汽车仿佛看见我想找它麻烦似的，很快启动开走了。汽车早已消失，我还愣在原地，望着小区道路尽头的拐弯处。我的心依然悬在空中，我怀疑自己走错了地方，虽然已多次来过她这个新家，可我真疑心记错了楼号或单元号，我多么希望如此。我转身仔细打量周围，没错，就是这栋楼，十六号楼，楼号是正确的；三单元，单元门是正确的；四层，楼层是正确的；左手那间，房间也是正确的；卧室紧闭的半落地窗帘也是相同的颜色和样式，浅咖啡色，无花纹。我又重新上楼，重复之前的各种动作：摁门铃、敲门、打电话，依然没有回应。我又发了一条短信："我知道你在家，家里灯亮着，窗帘后来也拉开了一些，我见有个人从你家走出来，我这次知道真不可能了。你开门我跟你说几句话，我从此彻底断了想法，以后不再纠缠你，你也不用这么躲我了。"

"我不想开门，我不会接受你，你早该放弃，我已经告诉过你，我有喜欢的人，有男朋友了。你走吧。"她回复道。

"好吧。你开门我见你最后一面，说几句话，以后再也不打扰你了。"

她一直没有回复。

我又怀疑刚才在我没注意时，她已经在那个外国人之前下楼走进了车里。

"你不在家吧，和你男朋友坐车走了吧，你们看到我就开车走了。好吧，不见就不见。早该这么决绝了。这不怪你，只怪我太执迷不悟。其实，有两次打电话时，都感觉到你好像有男朋友了。我太傻了，你太善良了，早该这样。既然你不想见我，那上次就是最后一面了。你放心，我以后再也不会打扰你，你也不用躲我了。从第一眼就深深地喜欢上你到现在已经五年了，终于有了结果。真不敢相信一切就这么结束了。念在有个人这几年那么死心塌地地爱你的分儿上，希望你能见我最后一面。你放心，我什么也不会做的，只想见你最后一面。你如果不放心，地点随你选，你也可以带人去，只想见你最后一面。"我又发了一条信息。

不久，手机响了，是她打来的。

"我说过我已经有男朋友了，你刚才也已经看见了，就是那个外国人。我前几天跟你说过我今天已经和男朋友约好了。你现在死心了吧？"

我沉默了很久，一个字也说不出来。

"你回去吧，那个风铃你带回去吧。"

"你在家吧？开门吧，我只想见你最后一面。"

"什么最后一面？难道是你快要离开这个世界了，还是我快要离开这个世界了？"

"只想见你最后一面，以后再也不会打扰你了，请你放心。"我只能一遍遍重申那个卑微的请求。

"我说过了，今天不想见面，你回去吧，下次再见。"

"请你放心，我不会怎么着你的，打开门吧，真的是最后一面，把风铃送给你我就走。"让我感到心痛的，不是几年的痴心终于走到了尽头，不是我已下定决心今后再也不会联系她再也不会见她，而是感觉到她似乎在提防我，担心我会在这种情况下做出伤害她的极端行为，正是这点刺痛了我，五年了，她难道不知道我是什么样的人吗？不知道我对她用情有多深吗？不知道我宁愿自己受伤也不可能伤害她哪怕一丝一毫吗？那个风铃当然不是非送不可，我只是想借此机会再见她一面，最后一面。

"那，好吧，你放下风铃就离开。"

房门打开了，跟我第一次去青岛看望她时的情形相似，她的头发湿漉漉的，披散在肩上，可我知道它们所代表的意义截然不同，当年是她洗完一头秀发迎接我的到来，如今则是她的男朋友刚刚离开。我心里感到一阵刺痛。她不像以前那样笑盈盈的，不过表情依然柔和。

我走进客厅，打开手提包，取出风铃。几十条长短不一的绳线已缠作一团，不过依然发出清脆的撞击声。"线都缠到一起了，把它们分开吧。"我站在客厅中间，右手高高提着风铃总线，说道。

她没有答言，默默地来到我面前，弯下腰一语不发地仔细分解那团纠缠不清的线疙瘩。那是个大风铃，几百个各式各样的小扇贝、小海螺互相撞击着，持续不断地发出"丁丁零零"的悦耳声响。在那些琥珀色、粉白色、灰褐色、咖啡色，状如小竹笋、小玉米、小灯塔、小扇子、小锅盖的贝壳中间，我凝视着她低垂的脸庞。她解绳时的神情是那么专注，那么投入。

我忽然意识到，这是我们第一次合作做一件事情，而且意义如此独特。在这个应该伤感的诀别时刻，我却出于一个文学青年赋予某件事以某种象征意味的本能，心里不禁涌出一个不无温暖的念头：我们正默契地解开纠缠在一起的绳索，这是不是预示着我们之间如线团般纠缠不清的关系也会顺利解开，象征着我的爱情还有希望？不过，这个念头只是一闪而过，我知道一切已经结束。事后我想，我们那时的情形一定像一对亲密无间、心有灵犀的恋人。那段时间，她在想些什么？我后来有些好奇，却也无从得知。

几分钟后，她把线全部解开了。

"挂到哪儿？"

她如往常微笑着环顾了一下客厅，然后说道："卧室阳台的晾衣绳上吧。"

晾衣绳是那种手摇升降式。自始至终，清脆的风铃声无止无息。

挂完风铃，我们沉默无言地站了良久，我看着她，她则望向别处。

"好了，风铃已经给我了，那你走吧。"最后，她又微笑道。

无论多么不忍，却也只能就此告别。走到门口玄关处，我停了下来，转过身望着她，她也停住脚步，看了我一两秒，然后将视线移到一旁。我们相隔约一米，我就那么直直地凝视着她的双眼。她则将两手放进黑色宽松长裤的裤兜里，视线微微下垂，看着我旁边的墙壁。我们谁也没说话，谁也没挪动身体，就那么默默地僵立着，像两个木头人。事后我想，那种情形恐怕持续了足足有十分钟。窗外起风了，她身后客厅里的灰色落地细纱帘在飘拂，轻轻扬起，又轻轻落下，风铃声不断从卧室阳台上传来，那声音是那么清脆悦耳，我却在心里为爱情送葬。心头拥堵着千言万语，一句也说不出。千言万语，我只想化成一句："这是我们的诀别，我以后再也不会纠缠你了，在这个结束的时刻，我能不能吻一下你？只是吻一下你的额头。"以前，这句话曾在脑海中出现过多次，可见我早已为这段情感的结束做好了心理准备。长久的沉默之后，那句话，我最终没能说出口，只是下意识地朝她迈了一小步，其实我也不知道走近她后要做什么，我当然没有勇气搂住她，更没有勇气吻她，那只是一个含义不明的下意识动作。

她迅速抬眼看向我，冷冰冰地说道："你要干什么？！"

她的声音比平时高一个分贝，我什么也没说，忽地一个转身，迅速朝门口走去，抓住把手，旋转，打开，一脚跨出屋门，头也不回地快步走下楼梯。

很快，身后传来"砰"的一声重重的关门声。那是我第一次也是最后一次听见维佳怡如此粗暴的关门声。那个沉重的声响长久撞击着我，让人清晰地感受到它所蕴含的激烈与怒气。

一切都结束了。就这样结束了。毫无挽回地结束了。

我走下楼，木然地迈着双腿，心里仿佛涌进了一整条河流。走到小区大门前的小广场时，传来那座人工喷泉的"哗哗"声，我没转眼去看，我知道它依然像一朵巨大的莲花往上喷射着。我沿着马路继续机械地朝公交站走去。那段小路不长也不短，约有一千米。这么多年过去了，我仿佛仍能看见那个小伙子走在那条小马路上的情景。路一侧是用铁栅栏围起来等待开发的闲置土地，里面长满了茂盛的野草，另一侧是绿油油的田野，不过，他只是在来时注意到了那些景物，此时没有看任何地方，只是呆呆地望着前面，机械地迈动双腿。正值黄昏时分，背对夕阳的他踩着自己长长的身影，如同一只满心悲伤而又沉默的野兽。

公交车上有一些空座，我随便在最近的一个座位坐下来，呆呆地看着灰暗的窗外。穿越那片树林时，手机响起了短信提示音。是维佳怡发来的：

"希望你能想开些，有些事情不能勉强。"

她这句话就像一把巨铲，霎时将我心里那条不断上涨的河流挖开一个巨大的豁口。我低头给她回复。那时的手机只有十几个按键，每打一个字都需要多次选择拼音，给她回复时已过去了近半个小时：

"这话你已经说过很多次了，我一直没死心，这次彻底明白了。愿你能遇到真心爱你的人，能好好爱你疼你一辈子，但不像我这样幼稚。好好把握自己的幸福。愿维佳怡——我最爱的人能幸福一生。当风铃响起时，希望你能想起曾经有个人真心真意地爱过你五年，那是一种发自内心深处的最真挚最纯洁的爱，没有丝毫杂质，甚至连性欲都没有，因为她在他心目中实在太神圣了，他一直把她当作仙女，不可亵渎、遥不可及的神圣仙女，不敢对她有丝毫欲念，丝毫非分之想，否则就觉得是对她的玷污。他不知道以后还会不会有如此纯洁的爱。最后说一次：佳，我爱你！"

短信写到一半时，鼻子渐渐有些拥堵，泪水渐渐涌进眼眶，我微微仰起头，侧靠在椅背上，望着暗影幢幢的窗外，努力不让眼泪溢出来。汽车在一片昏暗如迷宫的树林中穿行，有规律地掠过一盏盏昏黄的路灯，窗外黑黢黢的树影与玻璃窗上映出的人影重叠交织在一起，光亮与暗影交替着。我并未去留意观察那些景象，它们只是作为一种客观物象闯入了我的眼睛。等心情渐渐平复，我又继续低头打字。写完那些话，点击发送之后，我再也忍不住，泪水止不住地往下流，我呆呆地望着窗外，一动不动，任由它兀自流淌，不去擦拭，也不在乎会不会被别人看见。

"谢谢你能这样高看我，我甚至都有些羞愧，我不像你想象得那样美好。你是一个好人，但你活得太不现实了，不给你选择的机会是对的，因为你会失望，我不是什么仙女。"四十多分钟后，我收到了维佳怡的回信。我尽管愚钝，却也明白：无论给过你多少次机会，只要你连一次都没抓住，当然就相当于没给过你机会。我不知道，那段时间里，维佳怡在做些什么想些什么，她有没有像我一样为我们那逝去的情感而悲伤？

正打字时，手机没电了。回到住处已是夜里十点多，我给手机连上充电器，回复道：

"刚才没电了，刚到家。我当然知道任何人首先都是人，具有人的一切特点，不可能是仙女，任何人都如此。但我的的确确把你放在那个位置，以至你在我心中的地位实在太高，不敢有什么杂念。我不是不现实，而是太爱你，太在乎你了。几个好朋友都知道我这种想法。当爱一个人太深的时候，都会有点不现实，把对方看得太神圣。不早了，你早点休息吧。"

这是我发给她的最后一条短信，看似平平常常，没有任何断绝关系的暗示，我却已下定决心以后再也不联系她。

那天晚上，我躺在床上，毫无睡意，感觉自己成了一条被掏空内脏却还在动弹的鲤鱼，心里空荡荡的，却又堵得难受。房间内不知何时爬进一只小壁虎，在墙上走一步停许久，昂着头，拖着长长的尾巴，四只小爪子吸附着墙壁，一动不动，仿佛一条灰泥巴。我目不转睛地看着它。它在墙上走走停停，大约待了一两个小时，然后爬到天花板上，又待了一个多小时，最后在玻璃窗上停了很久，等窗外渐渐泛白时，我终于睡着了。

醒来时已近中午，窗外白光刺眼。我将目光移到天花板上，这才发现电灯还亮着，散发着不起什么作用的微弱光线。我看看窗户、天花板和四周的墙壁，那只小壁虎早已不知去向。不知是睡得太久，还是什么原因，脑袋昏沉沉的，不时还掠过一阵阵疼痛。我挣扎着坐起来，感觉像棉花一样绵软无力，胸口仿佛压着一块石头。

几天后下班的路上，暴雨突然袭来。我没带伞，也不想避雨，什么都不在乎地在雨中慢慢骑着自行车，任凭瓢泼大雨浇遍我的全身。雨水从头发、眉毛流进我的双眼，又从双眼流到下巴。我像一条落水狗在能见度很低的雨线里骑行了半个多小时。

接下来的日子，天气越来越热，如下火一般。在开着低温空调的集体办公室里，我却额头滚烫，身上又冷又痛，有时禁不住浑身发抖。我毫不在意，让它随便蔓延。

又一天下班时，整个身体如筛糠般抖个不停，全身酸痛得仿佛要散架了，额头直冒冷汗。我一路咬着牙，几乎是完全凭借毅力的支撑才使得自行车缓慢前行而没有倒下去。回到住处时，连去一趟邻村诊所的力气都没有了。那间小屋犹如一个蒸笼，又闷又热。我强忍着浑身的疼痛，动作极其缓慢地拎起水壶，倒了一杯凉白开，放在床头，然后异常小心地爬上床，慢吞吞地脱掉短袖 T 恤。我僵硬地躺在硬邦邦的床板上，连翻身也不敢，因为稍微一动弹甚至深呼吸一下，全身就袭来一阵剧痛，好像有一百只蜈蚣在每一块肌肉、每一处骨髓里咬噬。

太阳还很高，火一样的光芒倾斜着照进屋内，晃得人眼花。外面传来嘈杂声，有几个妇女的聊天说笑声，有孩子的吵闹声，有狗的吠叫声。隔壁电视的声音也穿透墙板而来。杂乱的声响钻进我的耳道，在这寂静的小屋里显得比往常响亮十倍。我石头一般躺在床上，想着维佳怡，想着已经永远消逝的爱情，悲伤如潮水一般涌上心头，泪水不由得滚过脸颊。内心的痛苦加上高烧和全身的酸痛，我似乎有些神志不清了，居然冒出"会不会就这么死去"的念头，觉得自己有可能就这样在一间闷热的小屋里孤独地死去。但我已经全然不在乎，死就死吧。不知过了多久，我昏昏地睡去。

醒来时，周围已是漆黑一片，我感觉身体舒服了一些，坐起来才发现自己简直像刚从泥浆里爬出来，整个身体，包括头发、短裤、床单和身边的毯子都湿漉漉、黏糊糊的。明白自己没有死，我心里一片木然，没有喜也没有悲。

天亮后，我去诊所打了一针，又买了些药片吃下，打电话请完假又睡了半天。

此后几天，身体里的精气神就像逃逸了一般，上班时没有精神，下班后也感到极其空洞，整个身心被一种复杂的情绪紧紧缠绕着，既有伤感，又有痛苦，还有绝望。在烈日下骑车经过一辆辆汽车时，我时常联想到当时伊拉克不断出现汽车炸弹的新闻，于是脑子里冒出这样的场景：那些如火炉一般滚烫的汽车突然爆炸，把我炸得粉碎。这种疯狂的念头并未让我恐惧，我也丝毫不因担心汽车会真的爆炸而应该离它们远一些，我好像已不在乎这个生命……

二十四、虚无之梦

多年以后，我翻看当年的日记本，发现上面记录了一个我怎么也想不起来的梦，那是与维佳怡诀别一个多月后写下的：

"昨晚，迷迷糊糊中又梦见她了。梦中的她变得稍微胖了点，不像以前那么美，但梦中的我在心里对自己说：'无论怎样，无论她以后变得多么苍老多么难看，我仍会深深地爱着她。'梦中的我清楚地知道这一点：尽管仍然深爱，可无论以后发生什么，我们恐怕都不可能在一起了，一切都已成为过去。梦中的情景温馨而美好，梦中的她依然那么温柔，笑容依然那么动人。我没有说话，依然像从前那样，只是静静地和她待在一起。梦中的我也明白这一点：只要能跟她在一起，只要能看见她，即使什么都不说，什么都不做，对我来说，也是无上的幸福。那是一种很天真的幸福，也是一种很真实的幸福，没有任何杂念，没有任何欲望，没有任何非分之想，只是一种无比单纯的幸福……"

几年后，我依然时不时梦见维佳怡。有时，梦境奇奇怪怪，一个接着一个，像纠缠在一起的毛线一样杂乱。很多梦都已模糊，只有两个还很清晰——

我站在一座高耸入云的古塔下仰望着塔顶。我知道塔的入口处不在底部，而在塔顶。塔内和塔顶另有一个世界，维佳怡就在那里。要想进入塔内，只能从外面攀上去，而古塔笔直陡峭，每一层上的飞檐都如挑向虚空的剑戟，几乎不可能徒手攀登。

我绕着塔走了几圈，最后发现塔旁忽然多了一棵大树，一直伸到塔顶。我手脚并用地爬上大树。树干太粗，无法搂抱，我就抓住从树干冒出的细长枝丫往上攀。有的树枝细如小拇指，真让人担心会折断。

爬了几十米高，终于看到了塔的顶部，那里是一望无垠的平原，鲜花绿草铺满大地，宽阔清澈的河流蜿蜒伸向远方，维佳怡正在冲我微笑。我紧紧抓住树干的粗大分叉，正打算跃上塔顶，忽地发现，有个人正在地面上砍伐这棵大树，而那个砍伐者竟是我自己！我猛地一惊，这时忽然袭来一阵狂风，整棵树从根部"咔嚓"一声断裂，我无可奈何地随着大树跌落下去。坠落的过程中，我嘴里还在呼喊着维佳怡的名字……还没等树干落地我就醒了，心怦怦直跳，在昏暗中对着虚空发呆。

我和维佳怡一起走在八月的草原上。茂盛的青草齐膝深，随着起伏的地势铺展到天际。远处山坡上有一群白色山羊，不仔细看，还以为是一片花丛。我们走了很久，直到太阳快要落山。

后来，我顺着山坡飞奔下去。由于下坡，怎么也止不住脚步，也无法慢下来，只能越来越快速地甩动双腿，否则就会因惯性摔个大跟头，然后一直滚到谷底。脚下的草想联合起来绊住我，无不被我的双腿轻易冲破。耳边只有呼呼的风声，以及背后传来的维佳怡的轻快呼喊声。

不知何时，草原上起雾了。起初，雾气稀薄，如一层淡淡的炊烟。维佳怡穿着一身白色长裙，在几十米外朝我微笑。雾气渐稠，浓如牛奶，维佳怡的身影也越来越模糊，最终消融于一片白茫茫。

我感到莫名的恐慌，喊着维佳怡的名字，在浓重的雾墙里朝她走去，却不见她的踪影。

我睁大眼睛扫视四周，除了黏稠的白雾，什么都看不见。

我一遍遍地大声呼喊她，却发现自己的喊声也被雾气吞掉了，连自己也听不到。

我像流浪汉一般四处寻找，不分白天黑夜，走了一天又一天，可哪儿都找不到她。

蓦然，有人穿着白色衣裙从雾中走来。我知道她就是维佳怡。我想喊她，却发不出任何声音。我想拉她的手，却无法动弹。她如影子一般悄然而逝，似乎根本没注意到我的存在。我就这样眼睁睁地看着她和我擦肩而过，看着她的身影融化于浓雾之中。

我木然地站在那里。在一片什么都看不清的雾气里，在坟墓一般寂静的荒原上，像一棵枯树那样站立着……

二十五、纯真与堕落

维佳怡对你说："你是一个好人。"你后来时常自问：我真是一个纯洁的好人吗？你在维佳怡心目中留下的恐怕是个纯情、纯真、纯洁的少年形象，不过你瞒不过自己：我是不是有时候连自己做过的事都不敢面对？

跟维佳怡彻底断绝联系后，有几个月，你经常像个夜游神一样在深夜的大街上游荡，时常感觉内心被掏空了一般，精神恍恍惚惚的，偶尔听到一首略带伤感的歌曲，就禁不住鼻子发酸。

一天傍晚，你回到租住地所在的那片平房区，一边低着头沉浸在往事中，一边不自觉地在胡同里拐了几个弯，感觉快到住处时，你连头也没抬，下意识地直接推门进去。谁知刚迈进一条腿，就有一只手拉住你往里拽，同时传来一个女孩的甜美声音："进来吧。"你一个激灵，吓了一跳。原来是那个胡同里的一个站街女孩，她站在昏暗的门洞里笑吟吟地问道："吃饭了吗？"你打量了一下四周，这才意识到走错了地方。你什么都没说，赶紧挣脱她的手，转身退了出来。

"进来嘛！怎么又走了？！"

那个女孩长得蛮漂亮，身材苗条，皮肤白皙，面容姣好，比你还要小几岁。你时常在那片平房区看见她，常常为她感到惋惜，既遗憾又纳闷：这么好的女孩为何不找个正经工作？她有过什么遭遇才沦落到这一步？

两个月后，一个雷电交加的雨夜，腹部那块燃烧的烙铁让你走进了那个女孩的出租屋。那时，你心里一直有两头巨兽在互相撕咬，一头野兽充满同情地劝诱你：别委屈自己了，看你把自己折磨得多苦，我知道你肚子里有一块红彤彤的炭，把你的五脏六腑都快烧着了，让你坐立不安，夜不能寐，无法看书，无法写东西，甚至有时无法像往常那样平静地散步，你还是把那块炭释放出来吧，连我都同情你了，你何必这么自我折磨呢？

另一头巨兽则谆谆教导：你可千万别堕落啊，一失足成千古恨，贪图一时爽快，代价恐怕是一辈子的悔恨。一旦掉进污泥潭，你就再也无法洗掉身上的脏东西了。

事实证明，第一头野兽更凶猛。

一进去，就好像初生牛犊误入虎穴，无法抑制住那种从未体验过的新鲜、兴奋与惊慌。也许是因为担心随时有黑社会分子一脚踹开屋门打劫或绑架，或者是警察一拥而入把你扭送到公安局，也许是因为忽然一个闪电刺破天空，随即头顶响起一声炸雷，还不到三分钟，你就感到从天灵盖到眼睛，从脖颈第一节脊椎骨到尾骨，瞬间融化。那股火焰喷射出的一刹那，仿佛灵魂出窍般，一股巨力将你粉碎并席卷而去。几秒钟后，另一股海浪又将你送回人间，那是失望、沮丧与懊悔所组成的海浪。没想到，纯粹的欲行竟如此乏味，如此无聊，如此令人空虚。

你走出那片昏暗低矮压抑的平房区，来到灯火通明、车流滚滚的喧嚣的大马路上。人行道旁边是一片树林，路灯从枝叶间洒下斑驳的光点，你在半明半暗中如同一具行尸走肉般迈着步子，内心充满沮丧，以及对自己的厌恶和憎恨：没想到你人生中的第一次竟然被你这样糟蹋了，你竟然成了可耻之徒！没有爱情，只是两具陌生肉体的欲望交合。这种行为跟动物有什么区别？你曾经多么厌恶那些堕落的字眼，如今却成了自己所厌恶的那种人，从此以后，你一辈子都将带着那个肮脏的烙印。你生命中最值得怀念的第一次情爱不是跟你最爱的人而做，不是那个几年来让你天天朝思暮想的心上人，也不是你未来的恋人，而是跟一个沉沦到烟花柳巷的陌生姑娘而做。曾经，你在无限挚爱的心上人面前是那么纯情那么纯真，对她没有任何非分之想，连她的衣服、她的一根头发都不敢碰触，可是离开她短短几个月，你却如此彻底地沉沦了！从一个多么纯情的男孩成了一个不知羞耻的堕落者！你曾经那么渴望保持一种纯洁，那么渴望拥有一段纯真的爱情，梦想着有一天将洁白无瑕的灵与肉完美地融为一体。你一路朝着它走去，结果却走到了它的反面，将它生生地劈开，就像用斧头将一个小天使劈成两半那样，一半是让人几乎发狂又沮丧厌恶的肉体欲望，一半是纯粹得不敢掺有任何杂质的精神之恋。这种撕裂感令你觉得自己成了达利那幅著名画作中的主人公：满面痛苦狰狞，用双手将自己撕成两半……

二十六、为你建一座文字之塔

　　离开维佳怡后，有半年时间，我一直处于半窒息状态，无论看什么都是灰色的，对什么都提不起兴趣，觉得一切都可有可无，挣钱的欲望也更淡了，连工作都在应付。脑子里从早到晚几乎都是跟她有关的点点滴滴，任由自己沉浸在懊悔和苦痛之中。

　　每当难受得快要胃痉挛时，我就拿以前曾对自己说过的话来安慰自己：维佳怡从小就习惯享受，对物质比较在意，而我对物质的要求并不高，更为看重的是精神生活，恐怕几年内都无法给予她想要的优渥生活，即使我们勉强结合在一起，那如天鹅般美丽的爱情也可能很快被现实击碎，变得一地狼藉，满目疮痍。与其如此，不如让那段情感停留在最美的想象状态。也许，我跟维佳怡的缘分就像孙悟空护送唐僧取经那样，只是为了陪她走一程，将她安然无恙地送达她的幸福之地，然后转身离开。如今她遇上了更为般配的人，只要那人像我一样爱她珍惜她，只要她能够幸福，我应该感到欣慰才对。

那段时间，我唯一想做的，就是希望尽快把和她有关的一切写成文字，写成小说。

那时，我也常用陀思妥耶夫斯基在《地下室手记》中提出的一个问题来问自己：

"到底什么更好？是平凡的幸福更好，还是崇高的痛苦更好？"

陀翁这个问题本身就已道出了答案。

在《卡拉马佐夫兄弟》中，陀翁让佐西马长老对阿辽沙说的一句话，进一步阐明了他的人生哲学：

"去人世间的苦难中寻找幸福。"

这些话虽然无法抚平我心中的苦痛，却也能让我免遭吞噬。我开始试图为自己用情极深却又失败的初恋赋予一种特殊的意义和价值。我安慰自己，我对维佳怡怀有的那种纯粹精神上的恋爱，既是一种缺憾，或许同时也是一笔财富。既然在现实中无法得到你，那我就用文字把那段情感凝固下来，给予它更为长久的生命。我暗下决心，我将把那颗永远为你跳动的心和多年的深情、遗憾、悔恨与痛苦一起碾成碎末，搅进水泥，为你筑造一座文字之塔，艺术之塔，让我对你的爱永远活在那里。

最终，我不顾杂志主编的几番挽留，执意辞职。那位主编是北大毕业的女博士，才貌双全，她问我为何辞职，我说打算写一部长篇小说。什么题材的？一个男孩对女孩的初恋。她笑了："你看过马尔克斯的《霍乱时期的爱情》吗？""没看过。上大一时看过《百年孤独》。""你要写爱情的话，得看看《霍乱时期的爱情》。"我后来去几个图书馆都没借到这本书，直到多年后该书获得正式授权的中文简体版上市后，我才买来一读。马尔克斯笔下的爱情有些过于浪漫和一厢情愿，尤其是那个结尾。显然，那只是马尔克斯的想象，现实中的爱情难以经受时间与人性的多重碾轧。

辞职后，我将自己关在西三环和西四环中间昆玉河边一座民居的隔断间里，每天将自己陷于对维佳怡的思念、回忆，以及对小说虚实交织的构思、想象与创作中。

写作过程中，时常被一种疼痛折磨得难以自禁。

有的往事宛如一把利刃插在心头，每每忆起，利刃就开始抖动，心口一阵刺痛，不由得大口呼吸，牙关紧咬，恨不能把它们一一拔除。可怎么可能？只要记忆还在，那些利刃就依然在那里。即使不主动去想，不主动去碰触，只是无意间听到一首歌，无意间看见一个相似的身影，那些刀柄就会晃动，更何况书写那些往事比自戕更甚——自己拿刀挖自己的心，再切成薄片，放在显微镜下观察记录它的每一丝悸动，每一丝疼痛。

写别的小说，从未像写那部时那样痛楚，我真想把一些注定遗恨终生的情节篡改掉，可那样做又有什么意义？如果不如实写出，那些利刃恐怕就会永远插在你的心头。

把那些最关键、最疼痛的时刻如实写出来吧，不要省略，不要篡改，不要假装忘记。虽然写的时候，你会无数次眼含热泪，无数次感到窒息，无数次心绞痛，无数次想放弃，可是，只有把它们如实写下，你才可能将那把利刃彻底拔除，你建造的那座文字之塔也才更有意义。

每当写累了，我就看书或者听音乐。每当一曲曲忧伤的旋律响起，伤感就如洪水一般裹挟而来。以前不曾注意到的歌词，此时听来仿佛就是特地为我而作："是不是可以牵你的手呢，从来没有这样要求，怕你难过转身就走……""如果当时吻你，当时抱你，也许结局难讲。我那么多遗憾，那么多期盼，你知道吗？"

当初到北京后第二年，我曾努力练习 *Right Here Waiting*（此情可待）、*Scarborough Fair*（斯卡布罗集市）等几首英文歌曲，目的是有一天能当面唱给维佳怡听。一次，我给她打电话时得意地说道："这几首歌我唱得还可以，有机会唱给你听听。""好啊！"她开心地应道。只不过，还没等我找到机会，我们的缘分已走到尽头。而实现这个愿望，已是后来的事了。

那几个月里，我过着黑白颠倒、作息紊乱的生活。写作常常从深夜开始，因为白天很难静下心来，一般等到夜里十一二点才能产生灵感，然后写到凌晨三四点。有几次，通过朝东的窗户可以看见天边已从灰暗变成鱼肚白再变成绛红色，我的上眼皮越来越频繁地垂下，眼睛几乎睁不开，而文思如流，不忍停下来，于是强撑着眼皮，半睁半闭地继续敲打键盘，直到实在撑不住，才倒头睡去，一觉睡到下午两三点。一般情况下，夜里饿了，就去厨房煮一碗清水面条，打个荷包蛋，吃点昨晚的剩菜。等凌晨三四点结束工作后再吃一碗面条，然后上床睡觉。有时候吃完面条还不想马上睡，于是拉开窗帘在窗前小站片刻。天已蒙蒙亮，整个世界一片静谧，偶尔传来几声小鸟的鸣啭，愈显寂静。我有时将双手揣进裤兜，有时双臂环抱，一动不动地长时间望着窗外的天空、楼房或树木，脑子里思绪翻飞，有时回想刚刚写过的内容，有时思索下一步怎么写，有时只是单纯地想念维佳怡。也许是已经彻底断绝幻想的缘故，我那阵子并未感到多么痛苦，只是觉得一切都可有可无，一切都无所谓，世间的一切都与我无关。有几个凌晨，灰色的天光如一层层流水，将浸染在天地间的墨汁渐渐洗去，天空、楼房、树木、无人的车辆、花草渐次显现、明亮，唯独对面楼房的一扇扇窗户依然黑洞洞的，仿佛一只只锁着无数秘密的嘴巴。在极为静谧的氛围里，这种光与暗的截然对比，给人一种神秘感，觉得整栋大楼就是一座坟墓。那一扇扇黑洞洞的窗户里面住着什么人？他们在做什么？恐怕大多数在熟睡，做着各种各样的梦；有的开始醒来，窸窸窣窣地摸索着起床；有的也许因为失眠而痛苦地辗转反侧；有的则不知因为什么事而哀叹，望着灰暗的天花板发呆……

中午起床吃完饭，往往心烦意乱，无法写作或者静思，有时连书也看不下去，于是下楼去小区里闲逛，在健身器材处做十几个单杠引体向上，十几个双杠引体向上，然后凑近一群中老年人，围观他们的象棋对弈。周围的人从未对我投以疑问的目光，不过我猜想肯定会有人这么想："我们这群中老年人退休了，没什么事才下棋或者围观，这个小伙子年纪轻轻的，怎么也在这儿消磨时间不去上班？"每想到这里，我便自行走开，有时去国家图书馆或紫竹院公园看书，有时沿着昆玉河一直走到玉渊潭公园，边走边胡思乱想。

几个月下来，我感觉健康水平明显下降了很多，在国图一排排书架蹲下寻找想要看的书籍，不久后站起来时，眼前总是一片发黑，同时脑袋里似乎有一股热流袭过，我赶紧扶住书架，以免摔倒。往往需要三四秒钟，眼前的黑暗和眩晕才渐渐消失。那时，我真担心照此下去，有一天会晕倒在地再也无法醒来。这种状况持续了一两年，后来随着作息规律而没再出现。

一天，我正在马路上走着，路一侧是空旷的田野，一侧是市区。忽听空中传来一阵轰鸣，抬头一看，只见有架飞机正拖着一团火光和长长的黑烟向下坠落，周围的人都发出尖叫，我僵在那里，一动不能动，因为我知道维佳怡就在那架飞机上。大约十几秒钟后，飞机在远处轰然坠地，升腾起几十米高的火焰。我的心脏部位传来一阵疼痛，不由得大喊一声："维佳怡——"我猛地睁开眼睛，心怦怦直跳，后背惊出了一层冷汗。尽管窗帘紧闭，房间内已是一片大亮。幸亏只是一场梦，我暗自庆幸，并暗暗祈祷维佳怡一切安好。我从床头摸到手机，开机后，传来一阵短信提示音，打开一看，是维佳怡发来的。这是跟维佳怡断绝联系大半年后，我们之间第一次互通音信，见到她的来信，我原已僵冷的心又止不住怦怦直跳。她问："忙什么呢？打你电话一直关机。陈雯也来北京读研了，今晚有空吗？一起来朝阳公园这边吃饭吧，李静也在。"我瞥了一眼手机上的时间，下午两点多，维佳怡的信息是一个多小时前发来的。我马上回复："没问题，晚上几点？具体地点发过来吧。"我睁着眼睛继续在床上躺了许久，才开始起身穿衣服。

　　那天晚上，我们在朝阳公园南路吃麻辣火锅，维佳怡说她请客，但我还是抢先埋单了。她笑着说道："那不行，本来说的我请客，你非要抢，那等会儿我请大家唱歌吧，这回可不能抢了啊！"能和她多待一段时间，我当然求之不得。那是我第一次也是唯一一次跟维佳怡一起去歌厅。那天晚上，我终于当着维佳怡的面唱了曾向她承诺过的两首歌 Right Here Waiting（此情可待）和 Scarborough Fair（斯卡布罗集市）。我不懂得如何控制声线，加上第一次在曾经深爱如今依然深爱却已断绝一切妄念的心爱的姑娘面前唱歌，我紧张得无法坐稳，上半身动来动去，面红耳赤，唱得磕磕绊绊，时不时苦笑着向维佳怡、李静等人投去抱歉的目光："太紧张了，唱得不好，不好意思啊。"

维佳怡一直面带微笑，安静地倚靠在沙发上注视着荧屏，偶尔看向我，说声："挺好的。"

唱完歌，维佳怡的男朋友 Jack 开着一辆 SUV 来接我们，维佳怡坚持要把我送回西四环的住处。为了避免他们太麻烦，我执意让他们把我送到北三环安贞桥就行，我已经跟倪志远打好招呼，今晚去他那里住。

我到倪志远住处后，收到维佳怡的一条短信："你对他的印象如何？"

他当然是指 Jack。高大英俊，举止颇有君子风度，又有外国人的幽默风趣，而且是美国人，人当然没得说。我心里很乱，一晚上没回复她。直到第二天早上才回信："只要他真心疼爱你就好。"

她没再回复我。

就这样，我又一次跟她恢复了联系，不过这种关系已不复从前，已变成另一种情形：一个痴情者彻底斩断了妄念，又不忍与心上人完全断绝往来，既然不能成为恋人，那就成为朋友吧，只要还能偶尔与她联系、了解她的近况也是一种安慰。

后来，她几次带着男友约我和李静、陈雯一起吃饭小聚。每次，我都没有任何伤感，甚至内心不起丝毫波澜，就仿佛我们从来都是普通同学，就仿佛我从未对她产生过刻骨的深情。

后来，我和倪志远、杨少卿以及他们的女朋友卢晓晨等人时常去 KTV 唱歌，为了省钱又过瘾，我们总是晚上去，订一间包厢，唱一个通宵。

我们几个好哥们经常合唱的曲目有《朋友别哭》《朋友》等。我个人的保留曲目则是罗大佑的《鹿港小镇》、陈升的《把悲伤留给自己》，偶尔还有崔健的《一无所有》。

每次唱这几首歌，我的身体都不由得绷成一只弹簧，脑子里想的几乎都跟维佳怡有关，唱着唱着，汗水就从后背、额头一滴一滴地钻出来，有时还禁不住眼眶湿润。

"假如你先生来自鹿港小镇，请问你是否看见我的爱人，想当年我离家时她已十八，有一颗善良的心和一卷长发。台北不是我的家，我的家乡没有霓虹灯……再度我唱起这首歌，我的歌中和有风雨声……"

"把我的悲伤留给自己，你的美丽让你带走，从此以后我再没有，快乐起来的理由，我想我可以忍住悲伤，假装生命中没有你……"

"脚下的地在走，身边的水在流，告诉你我等了很久，告诉你我最后的要求，我要抓起你的双手，你这就跟我走，这时你的手在颤抖，这时你的泪在流，莫非你是在告诉我，你爱我一无所有……"

那阵子，我时常写一些伤感又略显矫情的小诗：

你来，百花开 / 你走，百花落。

世界上最美的地方 / 在我的回忆里 / 越走越远的回忆里 / 永不再来的回忆里……

我回望原野 / 我是白色寒风唯一的树 / 果叶飘零，四野孤旷 / 茫茫大雪无声地飘落 / 将我埋没……

一年后某个冬日的晚上，维佳怡打来电话希望我能参加她将于一个月后举行的婚礼。

我终究不是木头人，心头仿佛刮来一股冷风："你结婚……我还是不去了吧。"

"来吧，你跟他都见过好几次了，又不是没见过。我希望你能来。你知道，我在北京就只有你们这几个同学。"

在长安街某座五星级酒店里，我刚要走进宴会大厅，见一位五十多岁的男子走出来，由于几年前看过维佳怡的家庭相册，我一眼就认出他是维佳怡的父亲。我走上前，微笑着自我介绍道："叔叔您好，我是维佳怡的大学同学，现在在一家杂志社做编辑，我之前看过您的照片。"维叔微微一愣，然后恍然大悟道："噢！你就是那谁是吧？……"我没等维叔说完，也没有道明自己的名字，只是不无惨然地淡淡一笑，迅速接道："可能是吧。"维叔看着我，好像在思考应该说些什么。我则依旧微笑着将头转向宴会大厅，只见身着红色传统婚服的维佳怡正笑着朝我招手，便对维叔说道："叔叔，维佳怡她们在叫我，我去那边了，您先忙吧。""嗯，好的。"

在维佳怡的结婚宴席上，在上百人的中外宾客中，坐在李静和陈雯旁边的我没有表现出任何沮丧、伤感、心痛或嫉妒的神情，反而像一个从未对维佳怡产生过深情的普通同学那样轻松自如，甚至始终面带微笑，更甚至故意多次看向同席对面的一位美丽女孩。那并非全是我的刻意伪装。我知道自己已经彻底斩断对维佳怡的幻想，我为她能找到幸福的归宿感到欣慰，我在内心深处真诚地祝愿她能够幸福一生。当然，我也承认，我当时的微笑多多少少还是带有一点刻意，尤其是通过多次看向对面那个美丽女孩，来表明我是个没心没肺的人。

婚礼结束后，正好接到倪志远的电话，他知道我那天中午参加维佳怡的婚礼,几天前就约我婚礼结束后聚一下。我神情自然地和倪志远、杨少卿、卢晓晨一起逛商场,一起喝酒聊天,没有伤感,没有哀叹,没有任何影视剧中恋人跟别人结婚时的痛苦表现……

几年后,维佳怡见我一直单身,几次劝我不要再挑剔。我忘不了她说过多次的一句话:

"别再挑了,遇到喜欢的就勇敢些,大胆些。我真心希望你能够幸福。"

又过了几年,我以双手抱头的投降姿势跟她在亚运村附近偶然撞见,我们事后都没有就此询问对方,毕竟那不是令人欣喜的一幕。半年后,已经定居杭州的李静来北京时,维佳怡叫我一起吃饭,我们也没有提及那次相遇,只是在聊到我的创业情况时,她说:"你现在已经做得不错了,当然,创业是很艰难的,难免会遇到坎坷,不过任何时候都不要气馁。"

再后来,她丈夫所在的外资企业撤离大陆,她便和丈夫以及一双混血儿女移居到了美国,此后每一两年回国一次,每次到北京都会约我和陈雯短暂一聚。这些年,我经常在微信朋友圈看见她那对美丽可爱的混血儿女的影像,见证着他们从婴儿到蹒跚学步到儿童到少年到中学生……我从未产生过嫉妒,只是由衷地为她感到欣慰。

2019 年年底,她原本计划春节回国,还约我和陈雯以及春节后正好要到北京出差的李静相聚，不承想，突然暴发并很快席卷全球的"新冠"疫情打破了她的回国计划。迄今，我已有四年多没见过她。

二十七、井底的秘密

去年，我去 X 省出差，跟当年在诸葛张飞公司时的同事李忱义相聚，他居然提到了贾作甄。

李忱义上大学时读的是法律专业，我们一起从诸葛张飞公司不辞而别后，他去了一家律师事务所，后来又考入北大法学院攻读法学硕士学位，毕业后离开北京到 X 省高级人民法院成了一名法官。那天在他家吃饭喝茶时，我们聊起了诸葛张飞。我们离开那家公司两年后，我在一家某协会主管的杂志社上班，一天，李忱义给我打电话，问我关注新闻没有，让我赶紧打开新浪、网易或搜狐等随便哪家网站看看头条新闻。原来，几家网站首页头条位置赫然挂着一个相差无几的标题——"视频：某地局长为情妇大办奢华葬礼"。视频里，一只近百人的送葬队伍浩浩荡荡地蜿蜒前行，每个人都身着白色警式制服，无论男

201

女大都戴着墨镜，我认出打头的正是诸葛张飞，他满面哀戚地双手捧着一个骨灰盒。在简短的葬礼致辞中，他称逝者吴诗诗同志是一名烈士，最后将一面国旗覆盖于逝者的豪华大理石陵墓上。后来经过向其他几位曾经的同事打听才知道，原来，两个月前他那位年轻情人吴诗诗在北京东三环独自驾车时撞到了桥墩，汽车在路上打了几个滚，她当场身亡。而吴诗诗出车祸，是因为那段时间心情极其糟糕，精神时有恍惚；之所以心情糟糕，精神恍惚，是因为诸葛张飞新找了一位情人。美丽骄傲如孔雀的吴诗诗去世时年仅二十九岁。葬礼视频一时轰动全国。一年多后，诸葛张飞真正成了新闻人物，被公安机关逮捕，并被各大媒体封为"最牛山寨司长"，原来，短短两三年时间，诸葛张飞已将自己的公司"打造"成了国家机关，对外宣称自己是国家某部委下属某司司长，而吴诗诗和几位新旧副总等人也纷纷成了处长、书记、政委等。两年后，媒体再次报道，诈骗金额达一千六百万元的诸葛张飞以合同诈骗罪、诈骗罪等几个罪名，数罪并罚，被判处无期徒刑，剥夺政治权利终身，并没收个人全部资产。

那天，谈起如今还在狱中、已年过六旬的诸葛张飞以及英年早逝的吴诗诗，我和李忧义不免一阵感慨。后来，我们又谈起当年的其他几个同事。

一阵闲聊过后，他忽然说道："对了，你不是一直在写小说吗？给你提供个素材，也是跟造假有关的，而且跟你们××大学有关。前阵子，省里一个地方法院初审了一个案子，被告跟咱们同一年参加高考，正好是你们学校的，叫什么贾作甄，这名字挺少见的，不知你们这些校友听说过这个案子没？"

"贾作甄？他犯事儿了？什么案子？"

"你认识他？"

"何止认识，还打过不少交道呢。"犹豫了一下，我又说道，"当时，我和他都在追同一个女孩，当年我去北京，主要原因就是为了那个女孩。"

"是你的初恋吧？当年好像听你说过。只是没想到这么巧，这么说，你跟那个叫什么贾作甄的居然还是情敌？这世界也太小了！"李忱义笑道，"对了，你上学时有没有觉得他跟常人有什么不同的地方？"

"也没什么特别不同的吧？就是感觉他比较阴郁，城府比较深，比我们同龄人显得更成熟一些。他犯了什么事儿？"

"冒名顶替，他是顶替别人上的大学。"

"什么？冒名顶替？"我还以为贾作甄是最近两年犯了什么刑事案件，没想到竟然是这种天方夜谭般的事情，不过，也算不上天方夜谭，几个月前，就有几桩冒名顶替上学的新闻轰动全国，引起公愤，但我实在没料到贾作甄也是冒名顶替者，"这么说，贾作甄不是他的真名？"

李忱义点点头，端起茶杯喝了一口普洱："真名叫什么，想不起来了，好像是姓吴吧。"

"冒名顶替……跟小说似的。"我摇摇头，又点点头，恍然明白当年的贾作甄为何年纪轻轻，却总是一副心事重重又很阴郁的样子。随即，我又想起维佳怡打算离开贾作甄时，对我说过的怀疑他的身份问题的话语。

"没想到吧？很多时候，现实可比小说离奇古怪多了，诸葛张飞山寨国家机关，假冒司长，你同学冒名顶替别人上大学。大千世界，真是无奇不有啊。我们每天接触各种案子，有些事你连想都不敢想。"

我点点头，现实生活中居然有不少始终戴着面具的人，连单位、身份和姓名都是假的。我猜测，维佳怡当年可能已发觉真相，所以才跟他短暂相处两个月后又打算离开他，好在她征求我的意见时，我没再像之前那样说"你自己做主"的傻话，而是坚决劝她离开。我想，我后来不畏惧贾作甄报复而对维佳怡重新展开的热烈追求，或许也在某种程度上鼓舞了她远离一口神秘深井的决心。

不久，我意识到贾作甄既是这桩不法案件的受益者，同时恐怕也是受害者，可以想见，始作俑者肯定是他的父母，他们原本是为儿子的前途着想，没想到这种不择手段的做法也可能从此将他推进一种惶恐不安的煎熬与折磨之中，遭受另一种惩罚，甚至会对他的心理造成异化。这么一想，我不禁又对他产生了些许同情甚至怜悯，暗暗希望他能够鼓起勇气，用十足的诚意弥补自己和家人对被顶替者造成的损失和伤害，毕竟，他们合伙篡改、窃取了对方的人生和命运。

二十八、昨日重现

几个月前，国内疫情稳定之后，我和作家陈皓去杭州举办新书签售讲座，见到了李静。

在西湖边一家饭店吃完晚饭，大家一起去白堤散步。陈皓和当地一位陪同的作家朋友走在前面，我和李静落在后面。随意聊了几句之后，她说："我今天早上跟维佳怡聊天，说你来杭州了。她说如果她在国内就好了，也来杭州聚一聚。她说咱们几个已经四年多没见面了。"

我没有多说什么，只是点点头："是啊，四年多了。"

我们聊起维佳怡和家人在美国的生活状况，不禁为她全家面临新冠病毒的威胁而担忧。

我们在断桥上停下脚步，望着微波荡漾的湖水，以及对岸雷峰塔被周身的金黄色光边儿勾勒出的剪影。

"对了，你还记得咱们上学时的图书馆馆长吗？"沉默了片刻，李静问道。

"当然了，夏雪城老师，上学时我经常去旁听他的课，他还在写作方面指点过我呢。只是这些年也没写出什么好作品来，平时不好意思联系夏老师，只是逢年过节时给他发个祝福……"

"他去世了，你知道吗？"

一只拳头击中了我的胸口。我知道李静不可能拿这种事开玩笑。周围仿佛一下子沉入黑暗和寂静之中，我直直地凝视着路灯下李静的双眼，再也说不出话来。今年春节时，我给夏老师发祝福信息时，他还回复说光阴似箭，期待我早日完成酝酿多年的长篇小说。一时间，夏老师的各种形象纷纷涌进脑海：朗读《回答》时的悲愤与动容，对我说过的那些教诲，英俊儒雅中流露出的坚韧与执着……

眼前的光影变得模糊起来。

良久，我才听见自己略微发颤的声音："夏老师……什么时候走的？"

李静说夏老师去世于一个月前。由于终生未婚，生病后只有他的姐姐和外甥轮流在医院照顾他，据说临终前瘦得只剩一副骨架，很多学生想去探望都被他谢绝了。

我能够理解夏老师，想必他不愿意让大家看见他最后人形尽失的样子，希望留在大家心目中的仍是以前的那种儒雅形象吧……

　　眼眶有些酸疼，我微微仰起头，很长时间才将泪水咽下。

　　李静开车送我们回酒店时，大家已经有些疲倦，断断续续地偶尔聊几句，她提议播放几首音乐。她用手指在仪表盘旁边的电子屏上点了几下，随即，一首熟悉的旋律缓缓流出，我马上听出是 *Right Here Waiting*（此情可待）。这首老歌似乎具有一股魔力，我们四人仿佛约好了一般，都不再说话，车里一下子安静下来。我坐在驾驶座后方，陈皓和我并排，当地那位作家朋友坐在副驾驶座。小小的车厢内寂静无声，只有那熟悉的歌词和旋律在四处流淌，将我们淹没于水中。当年我的QQ昵称就是"waiting you"，两个字符间之所以没有"for"，是因为受到字符长度限制，"you"当然就是维佳怡，那时的登录密码我至今还记得——"Jia I love you"，QQ签名处写的就是这首歌中的一句歌词："Wherever you go, Whatever you do, I will be right here waiting for you."（无论你去何方，无论在做什么，我都在此为你守候……）

　　我不由得想起跟维佳怡有关的日子，那些早已飞逝，永不再来的略带伤感而又美好的时光。脑海中如放电影般迅速掠过跟她有关的一幕幕情景。

If I see you next to never, How can we say forever……（倘若再也不能相见，我们如何誓说永远……）

思绪到处跳跃，不久，我又从维佳怡想到夏雪城老师，想起他的音容笑貌，想起他对我的那些教诲，并试图想象夏老师临终时的情形和感受，即将离开这个世界的时候，他在想些什么？会想到什么人，什么事？一首诗为何会让他的内心掀起那么强烈的情感波澜？他为何终身未婚？他年轻时是否如别人所说曾有个美丽而又早逝的恋人？他们后来发生了什么？那个恋人是怎么去世的？那事给他造成了怎样的创痛？想到两人的短暂恋情和短暂的一生，他有何感慨？……

关于夏老师的种种回忆和猜测，让我的眼睛不禁再次有些湿润。我在心中暗暗祈祷，希望夏老师能够在另一个世界与他那位美丽的恋人重逢，希望他能够幸福，不再过得那么痛苦。

Whatever it takes, Or how my heart breaks, I will be right here waiting for you……（无论结果如何，无论我心多么破碎，我都在此为你守候……）

车厢内除了萦绕不息的音乐，再无其他声响。我们四人不

209

仅各自深陷沉默，没人说一句话，而且如同被施了定身术，各自的姿势也都固定不动。我不知道，其他人是否也像我一样因为这首歌而沉浸在对往昔人事的回忆之中。

汽车行驶在西湖边的马路上。湖水如黑色丝绸，微微晃动着，又如一面巨大的墨镜，将对岸建筑物和路灯的光影映得弯弯曲曲，如龙似蛇。远处，依稀可见断桥和白堤上影影绰绰的人影。

一曲终了，随后竟然是更加熟悉的 *Yesterday Once More*（昨日重现）。卡朋特那洋溢着青春气息又略带伤感的嗓音，犹如一块更大的石头投进我体内那片湖水。车子驶离西湖，拐进一条街，我一直侧脸望着窗外，看外面明明暗暗的灯光，看街边商铺五彩的招牌箱和黑色的树木一一向后退去……

When I was young, I'd listen to the radio, Waiting for my favorite songs, When they played I'd sing along, It made me smile……（当我年少时，我喜欢听收音机，等待我最喜欢的歌曲，当他们演奏时我会跟着吟唱，令我微笑不已……）

我的思绪再次回到维佳怡身上，而且一段记忆忽然整个向我扑来，让我重新回到第一次也是最后一次给她送玫瑰花时的情形。

到北京第二年的初春时节，我跟她约好周六上午去昌平找她。我准备在那天送她一束玫瑰，并当面向她表白。那是我第一次给女孩送鲜花。由于踌躇满志，那天反而没有早起，加上洗头、抹发油、穿衣打扮，再加上到昌平后又四处寻找鲜花店，到维佳怡住处时已近下午一点。我并未跟她约定见面的具体时间，只说上午到她家，可我那天上午既没给她打电话也没发短信，仅仅为了让她见到那束玫瑰时有个惊喜——惊喜不是这么制造的，只有在对方毫不知晓你要去找她时，这一招才有效，而我明明已经提前跟她约好，却整个上午都不联系人家，而且迟到那么长时间。

如果是你，你会如何惩罚这个可笑的傻小子呢？

敲了几次门，没有任何动静，我便给她打电话。维佳怡的语气有些不悦："我不在家，我今天去城里了。"她只字未提我整个上午都没跟她联系一事。

"不好意思，我半路给你买了点东西，想给你一个惊喜，所以一上午都没联系你。"

"嗯，我今天去同学家了，今天不回去了，你明天再来吧。"她的语气恢复了以往的温柔。

"对不起，是我做得不对，我给你带来一件礼物，有些话要对你说，本想给你个惊喜的，但四处找商店耽搁了很长时间。

211

你回来吧，我等你。"

"我今天真不回去了，刚到同学家不久，已经跟她约好了，今天住在她家。你先回去吧，有什么话明天再说吧。"我猜测她说的同学是她之前提过的初中时的闺蜜，那个女孩也在北京工作。

我把事情搞砸了，怎么好意思就此返回？我说会一直等她，如果她真的第二天回来我就等到第二天。

"那你就等吧，我真是明天回去。"

我决定在她家楼道里等她。

Those were such happy times, and not so long ago. How I wondered where they'd gone, But they're back again, just like a long-lost friend……（那是多么幸福的时光，而且并不遥远。我记不清，它们何时消逝。但是它们再次归来，像一个久别多年的老朋友……）

不久，隔壁房门打开了，一个十多岁、扎着马尾的小女孩走了出来。她抬头看见我后，微微一惊，等目光落到我举在胸前的玫瑰花后，随即低下头，脸颊上飞起一抹绯红，抿嘴忍住笑，轻轻把门关上，然后笑吟吟地跑下楼去。十几分钟光景后，她和一个同龄女孩一起回来了，两人都微微低着头，都是笑盈盈的，脸颊都是粉红色。她们快速打开家门，一闪身钻了进去。关门前，刚才那个小姑娘羞涩地抬起目光又看了我一眼。那是我第一次手捧玫瑰。中午从鲜花店一路朝维佳怡住处走来时，我脸上一直火辣辣的，感觉连两只耳朵都在发烧。见到这个十多岁的陌生小姑娘，我原本也有点不好意思，可见到她们如此羞怯的可爱模样，我这个二十多岁的成年人倒没有了害羞之感，陡然意识到自己早已是个成年人。我不无得意地猜想，这个小姑娘也许是第一次在现实生活中看见这般情景吧：一个玉树临风的大哥哥，穿着一身笔挺的咖啡色西装，手捧一束如火焰般燃烧的红玫瑰，在痴痴地等待他的心上人。

下午，楼道里渐渐变得寒凉，我在西服里面只穿了一件白色衬衫，不禁觉得凉气逼人。又过了一个小时，我走下楼来到阳光里。楼下是一个街心公园，我找了一个能看见维佳怡住处单元门和窗户的长椅坐下来，将那束红玫瑰小心地立靠在椅背上。旁边，有几个五六岁的男孩和女孩在水泥地上练习滑旱冰，他们穿着笨重的轮滑鞋，戴着头盔、护膝、护肘，活像动画片里的外星小战士。附近有几对青年父母和老年人，有人偶尔朝我这边看一眼。下午，维佳怡给我打过一次电话，说她今天真不回来了，问我是否回去了，让我明天再来。我说如果她今天不回来，我今晚就住在昌平。傍晚，我返回维佳怡住处见她还没回来，便去吃饭。在饭馆坐到九点多，再次去她住处查看，

213

她依旧没回来。我捧着那束玫瑰在大街上游荡，向人打听旅馆。拐了几个弯，找到一家民宿，租了一个床位，将玫瑰立在椅子上，为了保鲜，还往塑料包装纸里浇了一些水。尽管如此，第二天下午送给维佳怡时，花瓣的边缘还是生出一道黑边儿，略显萎靡。

When they get to the part, Where he's breaking her heart, It can really make me cry, Just like before. It's yesterday once more, shoobie do lang lang……（当他们唱到一个地方，令她伤心断肠，这真能叫我哭泣，正如从前那样，仿佛昨日重现，无比惆怅……）

第二天上午，维佳怡说她下午才能到家。我按照约定时间上楼，门开了，是那张一如既往的温柔、微笑着的美丽脸庞。我将握着玫瑰花的右手放在身后藏起来。那间房子我已来过两次，客厅很小，没有坐的地方，卧室比较宽敞，有一张大床和一个小沙发。我随手关上房门，她没注意到我的右手，转身走进卧室，脱掉拖鞋，盘腿坐在床沿上，让我坐到沙发上。

我将右手从背后移到前面，双手捧着那束玫瑰举到她面前："这是昨天上午买的，由于时间太长，不大好看了。"

她的眼睛里露出欣喜的光芒，笑容更加灿烂："没关系，挺漂亮的。"

她微微低着头，抿嘴笑着，整个脸庞宛如一朵被雨露浸润着的芙蓉花。她就那么盘腿坐在床沿上，如一座微笑不语的观音菩萨。

我想说出那些在心底埋藏已久的表白之语，虽然上学时曾在电话里对她表达过，之前也已练习过多次，可我又紧张又害羞，心脏狂跳不已，仿佛嫌胸腔的空间太狭窄，想跳出来透透气。那颗心不断鼓励我："赶快表白！赶快说我爱你！"嘴巴却像被千军万马把守的关卡，将那些话牢牢地锁在里面。

她一直保持着那个姿势和笑容，见我长时间没说话，便说道："你昨天不是说有话要对我说吗？说吧。"

"我……我……"我嗫嚅着，那些话就在嘴边，却一句也说不出。

"想说什么就说什么吧。"

"我……"

"有什么话就直说吧，我等会儿还有事儿呢。"她始终微笑着，语气温柔。

我终于鼓起勇气，磕磕绊绊地说出那些没有任何文学性和艺术性的表白之言："佳怡，我，我爱你。从四年前第一眼看见你，我就深深地爱上你了。我希望能成为你的男朋友，我一定会一辈子好好疼爱你，珍惜你！我一定会好好努力，让你一辈

215

子都幸福的！做我的女朋友吧。"我的底气实在有些虚弱。

她依旧一言不发，依然保持着那个姿势，微微低着头，只是笑容更加灿烂更加娇羞。

在后来的无数次回忆中，我总会看见这一幕：我鼓起一生的勇气，跨步上前，单膝跪地，双手捧着那束玫瑰献到她面前，她羞涩地接过去，无上的幸福让我一把搂住她，欣喜若狂地亲吻她的秀发、额头……

是的，那个动作确实会耗尽我一生的勇气，因为我那时根本没有那样的胆量。单膝跪地将她搂在怀里亲吻她的额头，这只是我后来无数次幻想出来的情景。

Looking back on how it was in years gone by, And the good times that I had makes today seem rather sad, So much has changed……（回首往昔，经年已逝，曾经的幸福时光，令现在如此悲伤，不复从前……）

那个盘腿而坐、低头微笑的姿势，维佳怡保持了恐怕有五六分钟。

时间在一分一秒地流逝，我没有做出任何动作，没有向她伸出手，没有单膝跪地，没有碰触她，没有把她搂在怀里，更没有亲吻她，我只是手捧玫瑰，像个傻瓜一样微笑着呆呆地站在那里。我被施加了定身术，我的双脚已经在地下扎根，牢牢地钉立在那里。

此后多年，一想起当时的怯懦，就有一股电流瞬间从心脏袭过右手掌，半个身子一阵发麻。

最后，我又鼓起勇气补充了一句："佳怡，相信我，我一定会好好努力，一定能在北京买房的。"

这句话仿佛具有解除定身术的功效，维佳怡抬起头，依然微笑着说道：

"难道我来北京，就是为了一座房子吗？"

她的反问没有丝毫生硬的感觉，而是一如既往的温柔。

我当时没猜透她这句话的真实含义，至今也没猜透。

她将盘着的双腿放下来，轻轻一跃，跳下床，又笑盈盈地说了三个字："不可能。"她没有看我，只是满面灿然地接过那束玫瑰花，走出卧室。我跟着她走进客厅。尽管她说的依然是当初给她送情书时在电话里说过的相同的三个字——"不可能"，我却不仅不像当初那样沮丧伤心，反而满怀欣喜和希望，因为她的语气是那么温柔，最为关键的一点，她是在我长时间没有任何进一步动作的情况下说出的，在我看来那是女孩的小小虚荣心和自尊心使然，她的举止和神情表明她其实是乐于接受我的表白的。因此，那句充满欢喜的"不可能"三个字所产生的效果，简直如同——"好吧傻瓜，你应该明白我的心思和真实

217

答案是什么"。

她转身把那束红玫瑰递给我："我找个花瓶。"她环顾四周，然后去厨房拿来一只透明的长颈瓶，放在客厅的桌子上，接过那束玫瑰，将包装纸拆掉，一一插进瓶中，又到厨房接了两杯自来水倒进去。

It was songs of love that I would sing to them, and I'd memorize each word. Those old melodies still sound so good to me, As they melt the years away, Every sha-la-la-la every wo-wo still shines······（这是我向他们献唱的情歌，我会记住每一句歌词。那些熟悉的旋律，在我听来还是那么好，好像他们把岁月融消。每一句sha-la-la-la 每一句 wo-wo 仍然闪烁······）

不久，她的电话响了，她接通后应道："好的，我这就下楼。"她挂掉电话对我笑道，"我今天有点事，跟一个朋友约好了。是个男的，他也在追我。"

"他是做什么的？"我没有丝毫不快和妒忌，一方面因为今天终于向她当面表白而异常开心，另一方面有人追求她，这实在太正常了，没有人被她深深吸引，那才是怪事呢。

"和朋友合伙开饭店，家是北京的。"

一辆白色大众宝来停在楼下，她坐进后排，让我坐在副驾驶座上。那人大约比我大三四岁，我跟他简单聊了几句，还信心满满地问起那辆汽车的价格，他说十多万，我暗想自己几年后也能买得起。他们把我送到公交站台后，我毫无嫉妒之心地目送那辆小轿车远去。

那天，我暗下决心，一定要好好奋斗，争取两年内挣到迎娶维佳怡的资本。我心里充满了希望，青春勃发的希望，太阳突破黑暗，喷薄而出，将光明洒向大地的希望，爱情终将来临的希望。

我坐上公交车不久收到了维佳怡的短信，问我对那个人有什么印象。我说一般，她应该找个更优秀的能配得上她的人。

一周后，我再次去找维佳怡时，她说已经非常明确地拒绝了那个人的追求。

All my best memories come back clearly to me, some can even make me cry just like before . It's yesterday once more, shoobie do lang lang……（那些美好回忆，清晰地浮现在眼前，令我不禁泪下，就像从前那样。昨日重现，无比惆怅……）

年轻时听过无数次这首 *Yesterday Once More*，却从未像今

219

天这样伤感，感触这样深，仿佛每一个音符都渗入心脏的每一个细胞，每一道旋律都钻进心底的每一丝褶皱。原来，有些看似熟悉的歌曲，需要经历一番人事之后，才会偶然在某个特殊的情境下，猛地给你一击，真正走进你的内心，如同经年陈酿般把你快要干瘪的心肺整个浸泡起来，它那独特而强烈的气息变成高度酒精，丝丝缕缕地浸入你的每一根纤维每一根血管，让你的心慢慢肿胀，发疼……

想着如今远在美国的维佳怡，想着逝去的夏雪城老师，想着消失的往昔岁月，一层液体渐渐从眼窝里升起，积聚，像一双液态眼罩覆盖在眼球上，视线越来越模糊。我努力忍着，眼睛越来越酸涩，鼻腔也越来越拥堵，终于，一滴，两滴……清澈的鼻涕顺流而下，我赶紧用左手掌接住，右手伸进衣兜掏纸巾。擦拭鼻涕的时候，最终没能忍住，泪水不断地溢出眼眶……

回到酒店后，我躺在床上久久无法入睡，决定重写十几年前搁置的那部以维佳怡为原型的长篇小说。我开始在脑海里仔细搜寻关于维佳怡的所有记忆，试图循着每个蛛丝马迹，按照时间顺序将它们一一捡起并串联，可是，记忆总是跳来跳去，而且有许多中断，原来记忆自有它的规律，无论我当年多么相信自己的记性，有些事情的顺序还是变得混乱甚至前后颠倒。

与此同时，隔着十几年的光阴回想当年，就如同在水底仰望天空，浮动的水草，游弋的鱼虾，摇晃的波纹、阳光，以及岸上的树影、人影，都给那片天空涂抹了一种梦幻的色彩，很多东西变得虚虚实实，有的事如果不钻进记忆深处仔细探寻，恐怕已分不清是当年真实发生过，还是幻想出来的，抑或只是哪天做过的梦。

如果不是当年曾在日记中记录过部分情节，如果不是多年来经常在心头打磨那些最为刻骨的时光，我能追忆起来的东西恐怕会更少。想当初，与维佳怡有关的每次相聚，每个动人的瞬间，我都以为今生今世永不会忘记，不承想时间的巨流如此强大，有些时刻，有些事情，终究是无可挽回地被冲刷殆尽。也许，在未来的某个日子，在某个机关被不经意地碰触之后，有些事还会自动从那片深渊如水泡般一一浮现。

2006 年 10 月—2007 年 4 月，

半部残稿，北京通州北苑

2020 年 2 月—8 月，

初稿、二稿，"新冠"疫情期间于山东聊城老家

2020 年 9 月—2021 年 7 月，

三稿、四稿、终稿，北京天通苑、山东老家

后记

从痛苦中寻找幸福

一

"到底什么更好？是平凡的幸福更好，还是崇高的痛苦更好？"

这是陀思妥耶夫斯基在《地下室手记》中提出的一个问题。

幸福，谁都向往。痛苦，不可避免。

小说中的男主人公文恒一始终在渴望幸福，年轻时的他鼓起勇气追求美丽、挚爱的初恋维佳怡，可他面临的障碍不只是两人出身之间的差距，明明知道只要跨出最后一步就可能与心上人携手同行，他却无法突破那层障碍。障碍不是来自世俗偏见，而是来自他的内心。那是一层心障，薄如蝉翼，一捅即破，却又坚不可摧，如高山绝壁般难以逾越。这就产生了卡夫卡式的荒诞，甚至与之相比更加荒诞：卡夫卡笔下的"城堡"是外部世界拒绝你进入，而文恒一则是明明可以轻易突破内部世界的那层障碍，却始终不敢跨出那小小的一步。

那是一种心灵悲剧。

可以说，每个人都有自己的心灵悲剧。不同的是，文恒一是个写作者，可以在漫长的时间里将悲剧和痛苦消化掉之后，再升华为文艺作品。于是，产生了这样一种轮回：曾经也许是触手可及的幸福，变成了令人备受折磨的痛苦，最后又凝结成文艺结晶，生成另一种带有缺憾的幸福。

文学艺术是一个以痛苦为养料的怪物，对其而言，崇高的痛苦胜过平凡的幸福。

二

福楼拜说，包法利夫人就是他，那么，我也可以说文恒一就是我。当然，文恒一离我比包法利夫人离福楼拜更近。"文学作品都是作家的自叙传"，尽管郁达夫此言不无绝对之嫌，但从某种程度上来说不无道理：正如一句话所说，文如其人。尽管小说中的很多情节都是虚构的，可谁说只有现实中发生过的事情才是真实的，属于自传，而徘徊于心间的虚构幻想的东西就不是真实的，不属于自传？故事可以虚构，其中蕴含的爱痛、思考、诚挚与深情却是无法虚构的，那是灵魂的气息。就这个意义而言，我认为荒诞如《变形记》也是卡夫卡的心灵自传，孤独如《边城》也是沈从文的精神自传，正像深渊如《地下室手记》堪称陀翁的心理自传，深情深沉如《红楼梦》是曹雪芹的灵魂自传，救赎如《复活》是托尔斯泰的人性理想自传——当然，皆为某种程度而言，不要绝对化地去理解。

这部小说最初写于十五年前的 2006 年 10 月至 2007 年 4 月，当时写了七万字半部初稿，由于情节设置的缘故，故事走向逐渐偏离了我的初衷，感觉有点俗套，再加上手头的积蓄已用尽，为了生计必须要重新上班，于是弃置。这一弃就是十几年。

近几年，每当岁末年终，总是深感光阴虚度，生命空耗，便重新将这部始终萦绕于心、不断咀嚼酝酿的小说拾捡起来，忍痛删掉四五万字，保留约两万字，并在此基础上重写。相当于把一座烂尾楼推倒，重新设计，重新筑造。2020 年年初"新冠"疫情暴发，对生命之脆弱、人生之短暂的感怀更加强烈，危机意识也更强，于是待在山东聊城老家，集中精力用大半年时间写完小说的主要故事情节。

原本去年就可完稿，由于一直试图将其与十年前写的一部中篇小说融到一起，又花去了很长时间。

2008 年 8 月至 2011 年，我写过一部讲述一名北漂失聪女孩与北漂男孩朦胧恋情的五万字中篇小说——当时拟的题目为《遥爱界》，后来改为《月光塔》。那部中篇采用的是男女主人公分别以第一人称轮流讲述的方式，主要为了刻画两人充满矛盾和挣扎的内心纠葛。当年曾在天涯社区、北大中文论坛连载过大半篇幅，赢得不少青年写作者朋友和读者的青睐。写完几个月后，为了使内容和主题更丰富更厚重，我又打算将其与此前搁置下来的那部长篇小说合并成一部互为映照的新长篇。可是由于后来自主创业，时间精力有限——当然，这其实是懒惰与拖延的借口——一直搁置下来。

去年，为了将这部小长篇与《月光塔》合为一体，反复调整结构达十多次，每次都耗时耗力甚多，而且，又增添了女主人公维佳怡和另一个人物贾作甄的几节内心独白。由于两部小说本来就采用了非常规的叙事方式，而且拥有不同的主人公、不同的故事主线、不同的时间轴，无论怎么结构都有生硬之感，无法融为浑圆的整体。经过艰辛尝试，最终为了艺术的纯粹与和谐，决定将两部小说彻底分离。独立之后，考虑到小说整体结构的圆融，以及对人物心理的刻画是否足够深入，后来又将维佳怡和贾作甄的几节独白做删除处理。因此，这部目前只有十万字的小长篇，实际上先后砍掉了六七万字。

在这搁置的十几年间，利用业余时间又读了数百部世界文学经典——我看书很慢，都是在心里逐字逐句默念，有多部中篇杰作读过六七遍以上——也看了数百部经典电影，而艺术是相通的，可以互相借鉴。此外，随着年龄的增长，阅历的丰富，对爱情、人生、社会等各方面的认识与体悟自然也非当初可比。因此，搁置的这十几年时间，看似虚度，其实不尽然，漫长的时间与酝酿赋予了小说新的内容，新的意义，新的叙事结构，其情感深度等方面当然也会受到加持，最终使这部小说跟初稿相比有了脱胎换骨之变：如同陆九渊的"我注六经"与"六经注我"，如果说当初是"我注初恋"，站在初恋里面写初恋，站在爱情里面写爱情，现在则是"初恋注我"，因为除了当年身陷热恋时的一重视角，如今又生长出了另一重身份和视角，即隔着十几年的时间与心路历程去回望爱情与初恋，并用初恋来映照我自身。故而，小说的主题除了初恋、爱情、纯真、心灵、心障，还有时间，从中可以一窥时间是如何跟其他主题相互生发关系、相互影响的。

从表面看，小说写的主要是纯真初恋，其实，无论"纯真"还是"初恋"，都只是显微镜与手术刀下的解剖对象，目的是将探针与刀尖伸向情感与人性的隐秘幽暗处，探究一种难以用言语道尽的内心挣扎，呈现灵与肉、理想与现实的冲突、撕裂与艰难和解。

故事并不复杂，因为笔者在意的不是故事，而是主人公不同寻常的深情，在某种命运压迫下的无力与无奈，微妙细腻的心理流变，追忆似水年华时的跨时空交织，以及对一种心灵悲剧版青春残酷物语的再现与疗愈……

我愿意花十年时间写一部大家想看十遍的小说，而不是用相同时间写十本别人只会看一遍的作品。

我相信，面对一坛封藏二十年的烈酒，读者朋友们不会无动于衷。

除了米兰·昆德拉那样的人，很多作家都曾说过，作者最好避免阐释自己的作品，因为小说一旦面世，就脱离作者，拥有了自己的命运和际遇。我已经越俎代庖说了太多，就此打住。期待这部小说能够在现在与将来遇见更多的知音，陪伴大家走过或孤独或明媚的旅程。

三

关于本文开篇那个问题，陀思妥耶夫斯基在问题中已明白无误地给出了答案。而且，他在未完成的遗作《卡拉马佐夫兄弟》中让佐西马长老对阿辽沙说的一句话，进一步阐明了他的人生哲学：

"去人世间的苦难中寻找幸福。"

人生一世，苦难不可避免，即使没有大环境造成的普遍苦难，每个人的心灵深处也潜藏着大大小小的暗礁与渊壑。我们不应感谢苦难，因为很多人会由于无力承受而被碾为齑粉，但是，如果苦难无法绕开，那就去承受，像阿特拉斯、孙悟空、西西弗斯那样扛起自己的命运，扛起自己的五指山，将那永无止息滚下来的石头重新推上去……

尽管，包括爱情在内，哪怕再美好的事物也多少蕴含着痛与苦，但毕竟美好也是生命中最顽强的底色之一，只要沉浸下去，只要挺住，就能在痛苦与美好的交织中寻到生命的意义与幸福。

最后，感谢张抗抗老师在百忙之中为本书倾情作序；感谢叶辛、汪兆骞、王斌、程永新、张翎、徐则臣、陈希我、北村、叶匡政、韩浩月、潘采夫等老师的热情推荐；感谢作家出版社和责编向萍老师付出的辛勤劳动。

感谢我的母亲和亲人们。

2021 年 6 月 2 日于山东聊城老家
2021 年 11 月 3 日修订于北京天通苑

附录

名家推荐语

写初恋的作品有千千万，这一本的特点是用创新的手法，让读者感受希冀与迷茫并存，自信与卑怯缠斗。

——著名作家、中国作协原副主席、《孽债》作者　叶辛

很久没有读到如此纯粹的爱情叙事了。如今，爱情在文学里只能附着于生活与经济行为之中，像《山顶上的金字塔》这样直接把爱情作为描述和抒情对象的作品是少之又少了。作者感情真挚，立场真诚，描写真实，体验细腻，文学形式新颖，对爱情抽丝剥茧的精神分析，足见深度。爱情是人性中最真实的一部分，需要像作者这样的剖析式叙事，才能将其推进到一个新高度。本人郑重推荐。

——著名作家、电影《周渔的火车》原著作者　北村

一个纯洁少年，做了一个漫长而悠远的梦——像维特那样充满感伤与悲痛，又像盖茨比那样充满浪漫与怅惘。他的心像一座并不高大的纪念碑，上面却刻满有关爱情的箴言；他的思想像夜空上的星辰，闪烁着忽明忽暗却亘古永存的光辉；他的人生与生命，像风中的芦苇，柔弱又坚韧无比。

读《山顶上的金字塔》，让我深陷惊心动魄的阅读体验当中，作者的坦率与诚恳，会让读者跟随他的笔触，在两个不同的时空中来回穿梭，体会他甜蜜的痛楚，还有他无助的悲伤。一定程度

上，这本书是为逝去的纯真时代而写，为永远不会重来的昨日而写。郑重推荐阅读《山顶上的金字塔》，这是一本不可多得、阅读全程都会令人心潮澎湃的纯情之书。

——著名作家、评论人、《世间的陀螺》作者　韩浩月

　　生活有无数种现实，小说有无数种母体和原型，作家有无数种解读生活的态度和方式，比如爱情，就对作家极具魅力，充满意味，令其迷恋和玩味，成为最能激发写作灵感之所在。《红楼梦》就是抓住爱情，表达我们民族生活方式和感情方式的经典。

　　《山顶上的金字塔》也为我们展示了一幅陌生、清亮又忧伤的爱情图景。其间有作者的身影和精神气质。这种深植于私人生活，呈现出自我与广阔世界的冲撞融合，寓意着对爱情的回应与思考，蕴含着对社会和人性的探求与揭示。

　　小说有着极富特色的文体结构和隽美的语言风格。作者秉持着与生俱来的善良及大量阅读积淀的文化化人之旨归，在构建爱情金字塔时，于弥足珍贵的情感的微妙展现中，看到主人公"我"对圣洁爱情的坚守、对生命尊严和人格的坚守。在人物价值观自我搏斗的心理书写上，有突破性的呈现。

　　《山顶上的金字塔》在生动的叙事和心理描写中探测人性的幽微，极具饱满的时空张力。其叙事时态扩展到现在和过去，多时态有层次地揭示人物的心理活动，使作品富有当代世情小说的特点。

　　作者专注于对主人公的心理探测，注重揭示其精神世界与外在世界的相互关系，对人物的心理有精准的把握和刻画，在波澜不惊中，让文恒一与维佳怡鲜活地站起来，成为"这一个"。

　　大量的阅读，决定作者的审美趣味，而价值观则决定了这部小说的干净、清雅，温润中又有些青春失落的忧伤特质。有了文学的底蕴，对现实特别是对人性就有敏锐和深刻的洞察。热爱生活，敬畏情感，他笔下的人物爱情，不管经历怎样的挫折，都没有彼此哀

怨和相互伤害。虽没有义薄云天却有情有义，没有终成眷属却有谅解和宽宥，两个善良灵魂温暖地走进了金字塔。这是来自文学层面的正义和人性的美丽。

——著名作家、文学评论家、《民国清流》作者　汪兆骞

在小说中，傅兴文深情却又不无惆怅伤感地写下了他的初恋，或许，我们还可以将此一情感之特征命名为：一个人的初恋情怀。几近每个现代人都曾有过其独一无二的初恋经历——那不可复来的纯真而又青涩的青春时光，在不无困惑、苦涩且又懵懂的岁月中伴随着我们的成长，从而刻骨铭心。当我们走过了许多跌跌撞撞的人生之路后，再度回望，那段弥足珍贵的，在我们的生活中曾经出现过却又无声消失的初恋时光，竟如一盏暗夜中永不熄灭的烛光，温暖并激励着我们去寻觅与思考生活之路，以不辜负青春之记忆，因为从某种意义上说"初恋"的情感经历与记忆于无形中影响了我们的现在，以及随后的人生之选择。

兴文的《山顶上的金字塔》正是这么一部真切地抒写与追忆自己初恋往事的小说。

——著名作家、电影《活着》策划、《霍元甲》编剧　王斌

《山顶上的金字塔》是不是傅兴文的自传体小说并不重要。即使他不是每个场景和事件的亲历者，他也是忠实的观察者。他始终都在现场，带着他敏感的眼睛、耳朵和情绪。山顶、金字塔、月光、海洋、初恋、都市、人群，可以是某个个体人生所经历的具体事件，也可以是关于抽象人生的种种隐喻。如果把小说比喻成一匹布，故事是印在明面上的花样，而隐喻则是掩藏在花样之中（或之后）的纹理和质地。傅兴文借着这部长篇处女作给读者带来了多种联想。

——著名作家、电影《唐山大地震》原著作者　张翎

图书在版编目（CIP）数据

山顶上的金字塔 / 傅兴文著. —北京：作家出版社，2022.2
ISBN 978-7-5212-1638-7

Ⅰ.①山… Ⅱ.①傅… Ⅲ.①长篇小说－中国－当代
Ⅳ.① I247.5

中国版本图书馆 CIP 数据核字（2021）第 244352 号

山顶上的金字塔

作　　者：傅兴文
责任编辑：向　萍
封面设计：尚书堂
出版发行：作家出版社有限公司
社　　址：北京农展馆南里 10 号　　邮　　编：100125
电话传真：86-10-65067186（发行中心及邮购部）
　　　　　86-10-65004079（总编室）
E-mail:zuojia @ zuojia.net.cn
http://www.zuojiachubanshe.com
印　　刷：三河市北燕印装有限公司
成品尺寸：145×210
字　　数：143 千
印　　张：7.75
版　　次：2022 年 2 月第 1 版
印　　次：2022 年 2 月第 1 次印刷
ISBN 978-7-5212-1638-7
定　　价：46.00 元

作家版图书，版权所有，侵权必究。
作家版图书，印装错误可随时退换。